《艾爾摩沙的瑪利亞》之雞籠地圖（1626–1642）

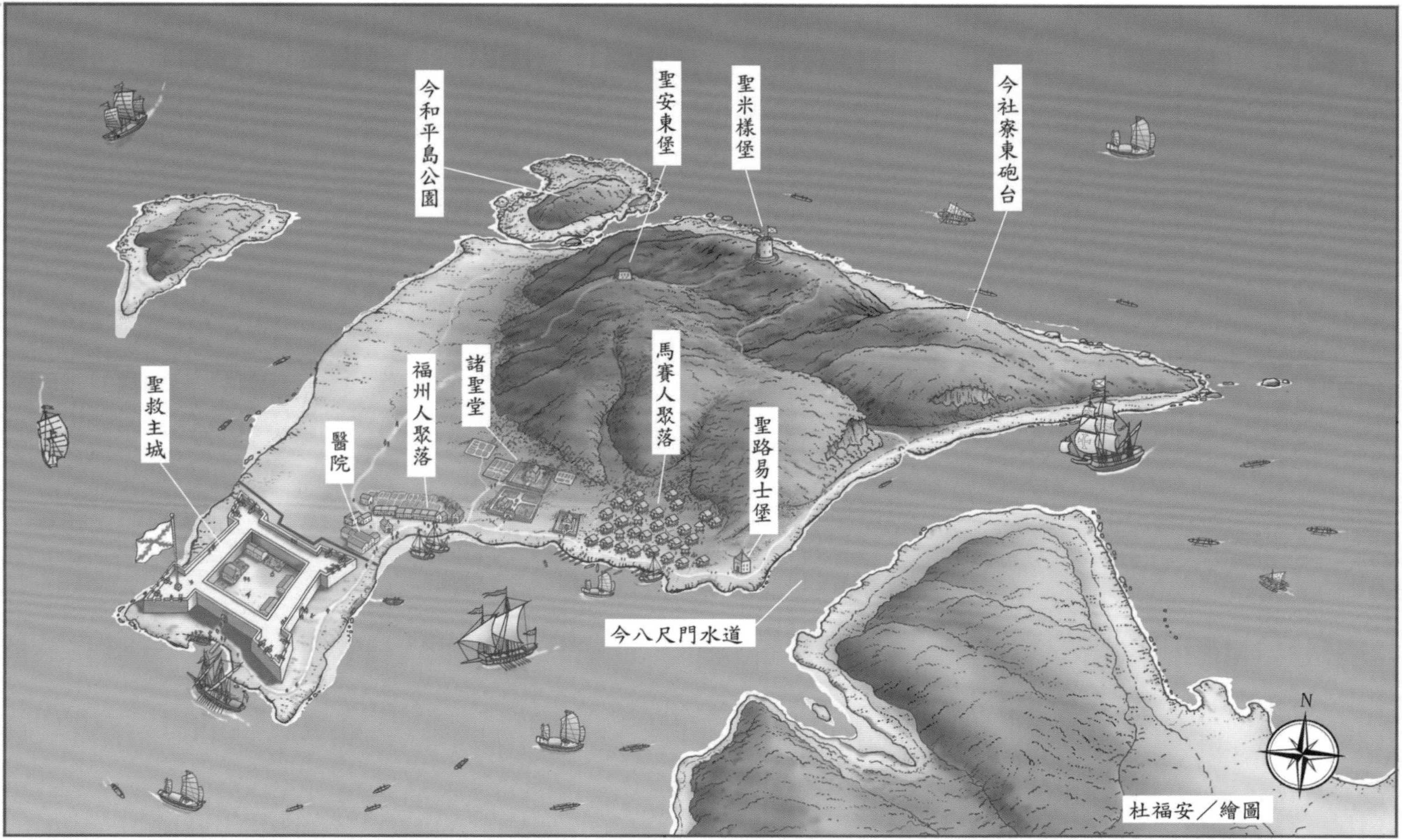

17 世紀的海，17 世紀的愛情，
17 世紀的臺灣與西班牙，
一場文學、歷史、考古的時空之旅。

艾爾摩沙的瑪利亞

H E R M O S A

曹銘宗——著

推薦序
有歷史的地方必須要有文學

基隆市長　林右昌

基隆，是臺灣國門，也是歐洲大航海時代重要的國際地理指標，但海不是阻隔，而是迎來更寬廣的道路，千百年來各種族群，操舟、揚帆、駕船來到這裡，讓基隆成為北臺灣對外的玄關及最重要的海港。

十五世紀到十七世紀時期，歐洲的船隊出現在世界各處的海洋上，尋找著新的貿易路線和貿易夥伴，以發展歐洲新生的資本主義。隨著新航線的開闢以及地理航線的擴張，麥哲倫船隊在一五二二年完成首次全球環航，他用冒險來完成對世界的想像，在航海史上留下偉大的成就，而這個西潮東漸，改變了世界、也改變了臺灣。

五百年後的今天，曹銘宗老師用歷史為基底、以文學為香料，加上靈活生動的敘事筆觸，寫下了這本精采的作品，我翻開第一章後，閱讀的專注力就停不下來，想要一氣呵成，把整本書看完。

「歷史」論述過去，但絕不等於過去，曹老師透過零碎與時間斷裂的大量史料，以虛實整合的方式，寫下這本屬於基隆的「小島大歷史」文學作品，將和平島內容多元且層次堆疊的族群特色及富饒故事，用另一種文字風貌呈現在大家的面前。

面積僅約六十六．三公頃的和平島，以臺灣第一座跨海大橋「和平橋」與臺灣本島做連接，和平島與基隆相隔僅七十五公尺的水道，如果不是名稱裡有個「島」字，大家幾乎忘了這是與臺灣最近的離島。

這裡是北臺灣最早有西方人足跡的地方，也是基隆最早有漢人開墾所在之一。這個小島因緣際會地在四百年前就已站上國際舞臺，留下了輝煌的臺灣史。在曹老師的筆下，我們得知原住民地名Tuman的小島，在十六至十七世紀中西方文獻中出現時，當時叫「鷄籠」，還成了全世界最大的日不落帝國西班牙，最遙遠的殖民地，到了清代時這裡改稱為「社寮島」，十九世紀時一度被歐洲人稱為「棕櫚島」（Palm Island），日治時期改稱為「社寮町」，直到國民政府來臺後才改為「和平島」至今。

近十年來，在基隆的幾次考古發掘工作，陸續找到十七世紀西班牙人來到臺灣建城的遺留，並在本市推動的「大基隆歷史場景再現整合計畫」中，完整地發掘出西班牙人蓋的諸聖教堂（Todos los Santos Church）遺址，這不只是基隆的資產，也是四百年來的臺灣史上非常重要的扉頁。

文學是透過文字的紀錄，把歷史的演進、或對現實、情感的描述及想像，生動地進行演繹，有歷史的地方必須要有文學。

西班牙人占領臺灣雖僅十六年時間，而曹老師以歷史為本、搭配人物的設定及角色的刻劃，讓人印象深刻，書中的畫面在我的腦海中久久不褪，這就是文學之於歷史之外的魔力；我帶著欣喜及雀躍的心情，把本書推薦給大家，希望臺灣千百年的大歷史縱深及時代紋理，透過文學與歷史的對話，把這些多元族群風貌與故事，傳達給每位關心臺灣這塊土地的你們。

推薦序

雞籠・西班牙人・馬賽人的大歷史

陳耀昌 醫師作家

《艾爾摩沙的瑪利亞》對作者曹銘宗的意義是：雖然他已經出版了四十本書，但這是他的第一本長篇小說，我預測也將是他最重要的傳世著作。

曹銘宗這本書對臺灣出版史與臺灣社會的意義是：臺灣史小說還缺一塊「西班牙人在臺灣」的拼圖。這本書是臺灣第一部以十七世紀西班牙帝國在艾爾摩沙（Hermosa，即臺灣）為主題的小說，可以讓我們以最親切的方式來認識一六二六年至一六四二年西班牙人在臺灣的歷史。

近年來，文化部「再造歷史現場專案計畫」中的「大基隆歷史場景再現整合計畫」，陸續推出《小島大歷史：雞籠・社寮・和平島》歷史文化調查研究成果展，以及《小島大歷史：再現聖薩爾瓦多城紀錄片》，引領觀眾揭開基隆和平島豐厚的歷史文化，重新認識基隆在臺灣發展史的重要地位。

如此，不僅西班牙的臺灣史呼之欲出，而且在考古方面的成果也讓我們的視覺與心靈受到震撼。

曹銘宗是一位出色的文化記者、臺灣文史研究者。他本來就是歷史系本科出身，在結束記者生涯後，他寫了臺灣史普作品《台灣史新聞》，又與中研院著名臺灣史學者翁佳音合作《大灣大員福爾摩沙：從葡萄牙航海日誌、荷西地圖、清日文獻尋找台灣地名真相》，都是頗受歡迎的暢銷書。

我就是經由自稱「老番」的翁佳音介紹而認識銘宗兄，而曹銘宗卻是因為研究臺灣飲食文化的歷史而出名，這也是一種另類臺灣史。我常笑說，他是「基隆美食耆老」，而我是「府城美食耆老」，因為我們對自己城市的古早美食都很有研究。

自二〇一一年起，和平島西班牙教堂遺址開始進行考古挖掘，歷史與文物重見天日。於是，自稱「基隆年輕耆老」的曹銘宗，就開始收集西班牙人在基隆建城、貿易、傳教的相關史料，準備寫一部歷史小說。有一次，他跟我說，他將寫一部西班牙人在臺灣的歷史小說，我就鼓勵他完成臺灣史小說的拼圖。

二〇二〇年底，我欣聞他已經寫完這部小說，但謙虛客氣的他，一直沒有交給出版社。二〇二一年四月十七日，我終於成功催生了銘宗兄這部小說的出版。而說起來，也是有緣。

二〇二一年四月十七日，我有幸因基隆市長林右昌的邀請，參觀和平島近年挖掘中的「諸聖教堂遺址」，讓我感到震撼。震撼來自兩個原因：

其一，就像林右昌市長所說，這個遺址近四百年來得以完整保存，近乎神蹟，因為遺址四周早已建築林立、地下幾經挖掘，而此遺址之地上正好為停車場，所以神奇地沒有被挖掘，保留得非常完整。我相信就是神蹟，聖母瑪利亞的神蹟。

其二，在這個遺址上，竟然已挖出多達二十二具完整骨骸。相對之下，在臺南熱蘭遮城及安平遺址，則只有四草大眾廟附近出土的北汕尾古戰場鄭荷雙方陣亡將士的混葬者骨頭，而從未有單純荷蘭人的完整骨骸，兩者的差別意義甚為明顯。

諸聖教堂地下的二十二具骨骸，除了天主教道明會的教士外，我猜也會有馬尼拉總督調派來艾爾摩沙的菲律賓軍士。然而，對我而言，最寶貴的，說不定會有當年信仰天主教的當地馬賽人原住民。

上天保留了這個教堂遺跡，讓我們腦海中浮現想像，在三百多年前，這個和平島上，曾經多麼生機鮮活，多采多姿。在西班牙城堡的花園中，嫁給西班牙人的馬賽人姑娘穿著西班牙服裝，跳著西班牙的舞蹈，而西班牙士兵則在一旁飲酒作樂。除了城堡，還有天主教堂、天主教學校，馬賽人小孩在教堂中學習西班牙語，唱著聖歌。馬賽人的大人則在此與西班牙人、華人、日本人做生意，他們駕著小舟，穿梭在和平島及臺灣東北角、宜蘭的港灣之間，甚至前往花蓮山區與太魯閣人做黃金交易。

我當場想到，這些銘宗兄應該早已寫了，真應該早日出版。果然水到渠成，我的願望成真。

就像曹銘宗在書上說的，這個小島上不但有規模超過熱蘭遮城，巍偉的聖救主城（聖薩爾瓦多城）聳立於此，還有諸聖教堂，呈現另一面的動人事蹟。離鄉背景的道明會教士，與信仰天主教的馬賽人原住民在此祈禱、上課。有些道明會教士還以這裡為中繼點，冒著生命危險到日本傳教，留下不少可歌可泣的故事。二〇二〇年九月姚開陽教授推出「走入大航海時代：臺灣400年」畫展，更以精采畫面顯示了這些我們過去難以想像的十七世紀和平島動人面貌。曹銘宗的小說與姚開陽的畫，提醒我們，在四百年前的大航海時代，臺灣所扮演的角色曾經多麼微妙。

西班牙人重視宗教信仰，也表現在曹銘宗這部小說，主角人物充滿宗教情操，他的小說一開始就說：「我相信世界上一直存在真、善、美、近乎神聖的人和事。」我問他怎麼對天主教懂那麼多？他說信仰宗教是為了提升人格，以信仰的力量來幫助人做本來做不到的事。

一六六二年，鄭成功擊敗荷蘭東印度公司。接著荷蘭就開始式微，把荷蘭西印度公司在美洲的的殖民地讓給了英國。於是，新阿姆斯特丹變成了新約克，就是今日紐約的曼哈頓。

更早的一六四二年，西班牙在和平島的聖薩爾瓦多城（聖救主城）被敵對多年的荷蘭攻陷，象徵著西班牙國力衰退。幾年後的一六四八年，西班牙「日不落帝國」終於盛極而衰，於是歐洲與世界版圖重寫。

曹銘宗的書還提醒我們，北臺灣海岸曾有一群被當今臺灣人遺忘的馬賽人。馬賽人的航海能力和商業貿易能力，與荷蘭時代臺南的西拉雅人，竟似乎是兩個對比。我們對南臺灣的西拉雅人已有許多了解，但北臺灣馬賽人也曾深刻影響了臺灣史，臺灣民眾卻完全沒有概念。例如蘇澳猶存在「馬賽」的地名，就是當年馬賽人航海擴散的遺跡。對西班牙臺灣史極為重要的馬賽人，有待臺灣的人類學家、考古學家、歷史學家做更多的探討。

二〇二四年，臺南將會有「荷蘭人來台400週年」的大節慶。然而，我更期待的是二〇二六年，基隆的「西班牙人來台400週年」。那時，我們也許會見證到現在無法想像的豐富新史料，例如西班牙人與馬賽人如何與臺灣東部的噶瑪蘭族、太魯閣族、撒奇萊雅族及阿美族的互動等等。近年發現的「漢本遺址」，也許其中也有馬賽人的遺物。

當西班牙臺灣史成為顯學，西班牙的臺灣遺址成為旅遊熱點，這本《艾爾摩沙的瑪利亞》必是人手一本，不可或缺的入門書與熱門書。

目次

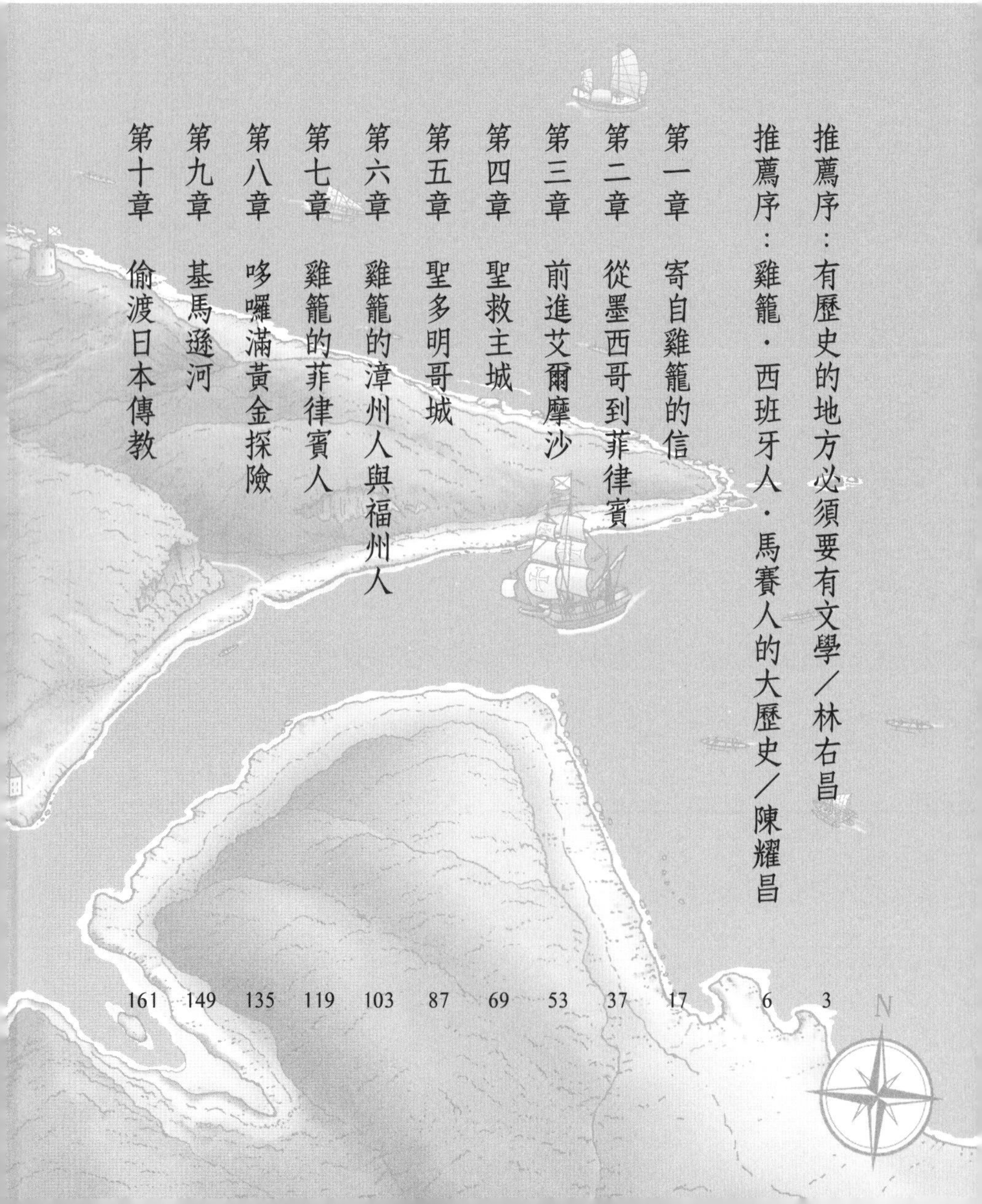

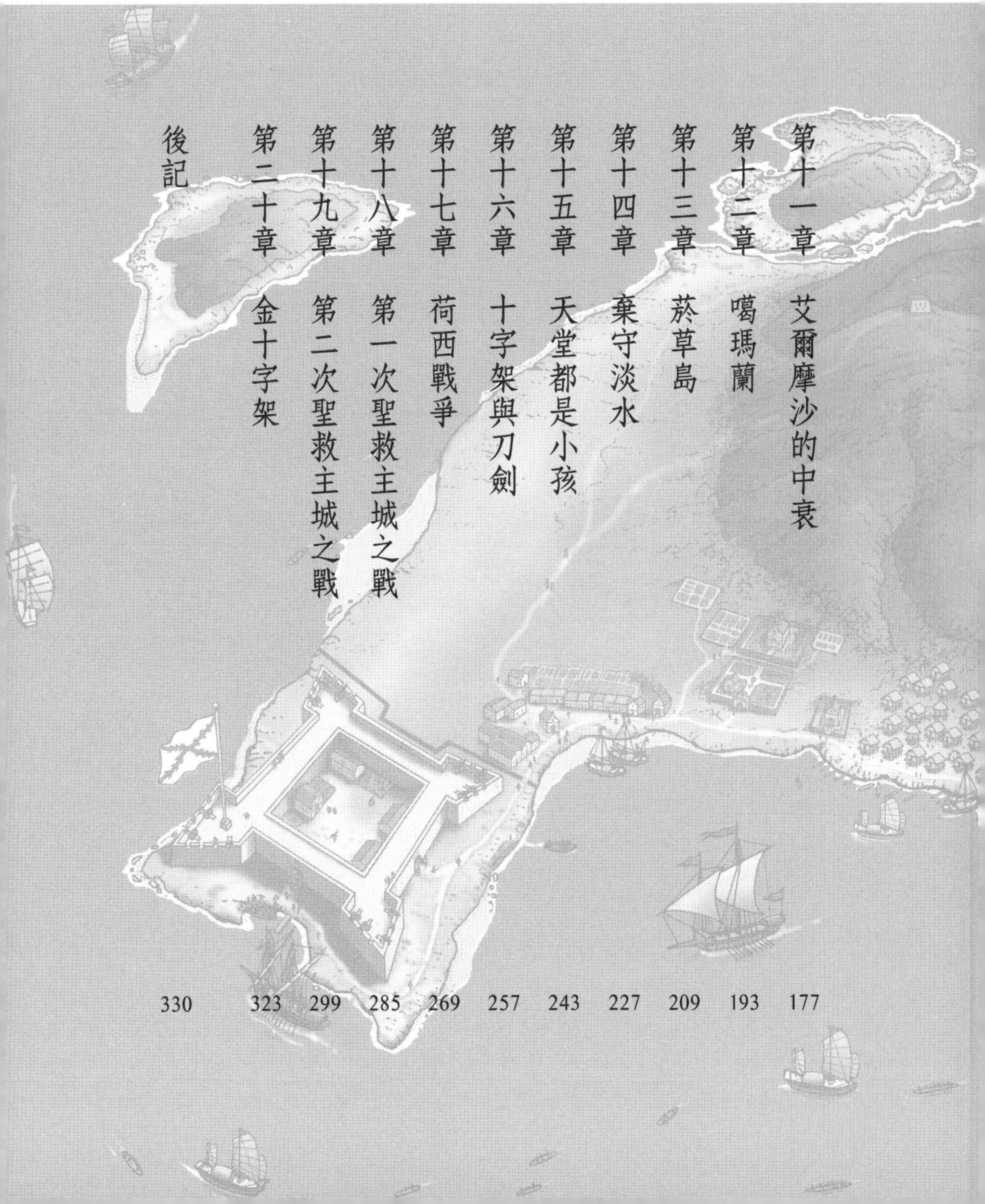

艾爾摩沙的瑪利亞

HERMOSA

第1章
寄自雞籠的信

我相信世界上一直存在真、善、美、近乎神聖的人和事，但歷史沒有記載，只能用小說追想。

故事，從意外的一天說起。

西班牙來的旅客

臺灣，二〇一九年十二月二十五日，平安夜過後的聖誕節。

基隆，清晨六時，國際郵輪「海洋航行者」（Voyager of the Seas）在雨霧中鳴笛，緩緩駛進基隆港。

這艘十三多萬噸、載客量三千多人的大型豪華郵輪，停靠在基隆港東岸二號及三號兩個碼頭，預計停留十個小時，傍晚離開，前往下一個旅程的海港。

上午八時，東二、東三碼頭開始熱鬧起來，遊覽車一輛接一輛開到碼頭邊的廣場，共有四、五十輛，排列整齊，準備接待從郵輪上岸的旅客，前往臺北市的故宮、一〇一大樓、中正紀念堂，以及新北市的野柳、九份等地旅遊。

上午九時，我來到海洋航行者號船邊，撐著雨傘、舉起名牌，等候迎接兩位客人，他們是西班牙籍的多明哥夫婦。

臺灣冬天吹東北季風，臺灣北端的基隆首當其衝，加上山丘環繞，所以形成雨季，經常連續幾星期甚至一個多月淒風苦雨。今天雖然有點冷，幸好只是小風小雨，不致影響戶外行程。

一個月前，旅行社經由基隆市政府文化局的引介，請我接下這個 private tour（私人旅遊）的導遊任務，帶領一對西班牙夫婦參訪和平島。

我樂於國民外交，但對這項導遊任務感到好奇。雖然郵輪停靠基隆港，但旅行社提供郵輪旅客選擇的景點，其中並沒有基隆，而這對西班牙夫婦卻想留在基隆參訪和平島，並要求找一位特別的導遊，不但能夠以英語或西班牙語講解，還要了解十七世紀西班牙人在臺灣的歷史。

我問為什麼？旅行社人員說，從未見過這樣的旅客，也很難找到合乎要求的導遊，請我務必接下任務。

我確實是適任的導遊人選！我是土生土長的基隆人，臺灣文史作家兼任英語、華語導遊，正在進行基隆市政府文化局委託的和平島歷史文化調查研究案，特別關注近年在和平島進行的十七世紀西班牙教堂考古工作。

艾爾摩沙的雞籠

在歐洲的大航海時代（十五—十七世紀），從十六世紀中到十七世紀初，歐洲三大海權國家已分別來到東南亞設立總部，包括葡萄牙在中國的澳門、西班牙在菲律賓的馬尼拉、荷蘭（尼德蘭）在印尼的巴達維亞（雅加達），展開殖民、貿易與傳教的競爭，並希望打開中國與日本的門戶。

葡萄牙與西班牙的關係是，西班牙國王腓力二世（Felipe II）在一五八〇年以武力奪取葡萄牙王位，組成聯合王國，兩國雖然同一位君主但仍各自獨立，直到一六四〇年葡萄牙才正式脫離西班牙。

西班牙、荷蘭兩國之間，則是多方面的敵對，包括荷蘭脫離西班牙的獨立戰爭，基督教舊教與新教的宗教戰爭，以及在海外的貿易戰爭，戰場從歐洲延伸到亞洲。

荷蘭人先於一六二四年在南臺灣的「大灣」（今臺南安平）建立據點，西班牙人隨後於一六二六年在北臺灣的「雞籠」（今基隆和平島）建立據點，把臺灣帶上了國際歷史舞臺。

上午九時三十分，我看到一對白髮蒼蒼但精神奕奕的夫婦走下船梯，猜想大概就是我的客人，趕緊過去打招呼，歡迎他們來到臺灣基隆。

「Merry Christmas！」多明哥先生祝我聖誕快樂，然後撐起一隻大傘，摟著太太的腰，笑著跟她說：「看啊！這裡就是Quelang！」

西班牙語Quelang的音，就是臺語漳州腔的「雞籠」（ke-lâng）。多明哥先生懂得基隆的臺語發音，讓我有點驚訝，我跟他說：「國際上都稱基隆為Keelung。」

「我知道Keelung。」多明哥先生說：「但在十七世紀，西班牙人稱這裡為Quelang！」

我說：「沒錯！那是臺灣被歐洲人稱為Formosa（福爾摩沙）的時代。」

多明哥先生說：「是的！但Formosa在西班牙語的發音是Hermosa（艾爾摩沙）。」

我請多明哥夫婦上了我的車，隨即開車前往約十分鐘車程的和平島。

我在車上跟他們說明，Quelang本來指和平島，這是十七世紀之前就有的國際地名，最早是中國福建航海人命名「雞籠」，因為從海上看此島形似雞的籠子。雞籠是圓錐形，但頂部是平的，那裡是捉放雞隻的出入口。

如何解釋和平島像雞籠？自十五世紀開始興盛的東亞海洋貿易，從福建前往琉球、日本的航線，帆船從東海轉向臺灣北方海域時，有一個顯著的航海指標，就是和平島西北部中山仔嶼的山丘，從外海由北向南看很像雞籠。

在十七世紀前後，大明福建海防圖上的「雞籠」，以及西班牙、荷蘭古地圖上的「雞籠」（西班牙語音譯Quelang，荷蘭語音譯Kelang），都是標示在和平島的位置。由此可見，雞籠最早指和平島，後來才擴及基隆陸地。

若望神父

多明哥先生首先介紹他們來自西班牙南部大城塞維亞（Sevilla）。「我是剛退休的中學歷史老師，我太太還在天主教會工作，我們都是天主教徒。」

「在大航海時代，艾爾摩沙的雞籠是西班牙帝國最遙遠的領土。」多明哥先生說：「今天西班牙人大都忘了這段歷史，臺灣人還記得嗎？」

我看著他：「今天臺灣人對西班牙的印象，大概是鬥牛、足球、佛朗明哥，還有西班牙海鮮燉飯吧。」

多明哥太太聽了大笑：「今天西班牙人對臺灣也所知不多。」

「你們第一次來臺灣嗎？」

「是的！」多明哥太太說：「可惜只停留半天。」

「那麼你們為何選擇來和平島旅遊？」

多明哥先生說：「我們的教會叫塞維亞百合聖母堂，已有五百年歷史，在教堂的紀錄中，有位神父年輕時曾在艾爾摩沙的雞籠住了十六年。」

多明哥太太接著說：「我們都很好奇這位神父的事蹟，剛好郵輪行程中有一站停靠臺灣的基隆港，就想順便去看看當年他居住的小島。」

此時，車子已開到和平橋。我介紹這是日本統治臺灣時代一九三五年興建的跨海大橋，過了橋就是和平島。我說：「自從有了橋，大家慢慢就不覺得和平島是個島了。」

車子經過和平島上的狹窄巷道，停在和平島公園入口處。我買了門票，帶領多明哥夫婦進入公園。我們走上小丘步道，只見海岸奇岩怪石，大海就在眼前。

多明哥太太驚嘆道：「艾爾摩沙就像她的名字，真是美麗之島啊！」

多明哥先生望著海上的波浪說：「在帆船時代，若望神父從西班牙來到這個小島，住了十六年，最後平安返回西班牙，真是天主護佑啊！」

「阿肋路亞！」多明哥太太說：「但這裡冬天濕冷，當年若望神父一定會想念西班牙的陽光。」

「你們說的那位神父，請問他叫什麼名字？」我開始對這位神父產生好奇。

「這位神父的西班牙語名字叫若望（Juan），就是英語的約翰（John）。」多明哥太太說：「若望在歐洲是常見的男性名字，也曾經是教宗的名字。」

西班牙帝國遺跡

「那裡就是當年西班牙人在雞籠建城的地方。」我指引多明哥夫婦看著臺灣國際造船公司基隆廠的方向。

一六二六年，西班牙人占領雞籠後，即開始建造「聖救主城」（聖薩爾瓦多城，San Salvador），作為行政、商務、傳教中心，統治北臺灣十六年，活動範圍擴及東臺灣，直到一六四二年被荷蘭人驅逐。

聖救主城周長約四百公尺，以淡水河出海口南岸的灰白色觀音石為建材，規模大於同時期荷蘭人在今臺南安平以紅磚建造的「熱蘭遮城」。

「我讀過相關歷史，當年聖救主城是東亞最大的歐式城堡。」多明哥先生說：「可惜城堡遺址現在埋在船塢底下。」

「當年西班牙人在雞籠所建最大的一座教堂，現在正進行考古挖掘中。」我帶領多明哥夫婦來到平一路停車場的「諸聖堂」（Todos los Santos）遺址。

自二〇一一年起，臺灣中央研究院與西班牙學者組成的考古團隊，已在此地進行幾次考古挖掘，至今已挖掘教堂後殿牆基及墓區，共有一、二十具墓葬、呈祈禱狀的人體遺骸出土，其中有幾具已鑑定是歐洲人，另有十字架、皮帶扣、火繩槍子彈等西方文物。

當年西班牙道明會的「黑衣修士」，寫下天主教（舊教）最早在臺灣傳教的紀錄，雞籠、淡水有很多原住民受洗。

由於當時日本德川幕府鎖國禁教，迫害天主教徒，很多耶穌會神父從葡萄牙的澳門基地偷渡日本傳教，正如小說及電影《沉默》（*Silence*）所描述的情節。當時西班牙道明會神父則是從雞籠偷渡日本傳教，也流傳殉教的事蹟。

我拿出十七世紀西班牙人、荷蘭人繪製的雞籠古地圖，指出「聖救主城」、「諸聖堂」，以及「聖安東堡」（San Anton）、「聖米樣堡」（San Millan）、「聖路易士堡」（San Luis）三個堡壘的位置，還有島上的原住民及華人聚落，說明當時族群之間的互動情形。

中午時間，我們在和平島公園的咖啡廳休息、用餐。我與多明哥夫婦聊得很愉快，就提議增加免費的額外行程，開車帶他們參觀其他三處西班牙帝國遺跡，他們欣然接受。

我說：「當年若望神父一定去過這些地方！」

我先帶他們到東北角海岸的三貂角。一六二六年五月，西班牙船隊從菲律賓北上，沿著東臺灣海岸航行，最後抵達雞籠。當船隊經過臺灣最東岬角，看到有一個聚落，就命名Santiago，後來成為漢人音譯的地名「三貂角」。

Santiago（San Jacobo）就是聖雅各伯，指耶穌十二位門徒之一的雅各伯（基督教稱雅各）。根據西班牙文獻記載，當年道明會曾在三貂角建立一座小教堂，但早已被遺忘了。

然後，我帶他們到北海岸的淡水看紅毛城。西班牙人一六二六年在雞籠建城之後，一六二八年又在淡水建立較小的「聖多明哥城」（Santo Domingo），後來因棄守而毀城。荷蘭人一六四四年在原址重建「安東尼堡」，後來漢人稱之為「紅毛城」。

當年淡水和雞籠的原住民都是馬賽人（Basai），前者重農作，後者擅交易。西班牙人往來雞籠、淡水兩地，如果走海路，一定會經過野柳岬海域。

因此，我開車從淡水回基隆途中，也帶他們到野柳一遊。野柳與和平島都是臺灣北海岸的風蝕與海蝕地形，海邊很多奇岩怪石。我跟他們說，直到二十年前，

「野柳」地名才被發現是西班牙人留下的地名。

當年西班牙人航行雞籠和淡水之間，因經過野柳岬海域常觸礁擱淺，又看到海岸上有很多魔鬼狀的蕈狀岩，所以在古地圖上標示Punta Diablos。西班牙文的Punta是岬角，Diablo即英文的Devil，可見西班牙人把野柳視為可怕的「魔鬼岬」。西班牙文Diablo，就是臺語野柳（iá-liú）的語源。

在野柳「女王頭」岩石的海邊，我指著遠處的海岸，請他們猜猜那是什麼地方？多明哥先生一看就說：「那裡就是雞籠！」

聖母顯現（Marian apparition）

回基隆的車上，我跟多明哥夫婦說：「若望神父一定是個很特別的人！」

多明哥先生回答我：「若望從小就是我們教會的信徒，本來是軍人，後來成為我們教會引以為榮的神父。」

多明哥太太介紹塞維亞百合聖母堂的塞拉神父，並說塞拉神父看過當年若望神父從艾爾摩沙雞籠寄來百合聖母堂的十多封信。

「在這十多封信中，若望神父提及他在艾爾摩沙看見聖母顯現的神蹟，因而影響了他的人生。」

「真的嗎？」我驚訝地說：「我沒聽說西班牙文獻有此記載。」

我知道「聖母顯現」，那是天主教有關聖母瑪利亞顯靈的超自然現象，但在信徒通報之後，還要得到羅馬教廷的認證才能確立。

「當年的聖母顯現當然無法認證。」多明哥太太說：「或許這是若望神父在宗教上的神祕經驗。」

「有此可能！但我沒想到，聖母瑪利亞也會在那麼遙遠又非天主教信仰的地方顯現。」

「天主和聖母的愛無所不在。」多明哥太太引用《新約聖經．若望福音》：「天主竟這樣愛了世界，甚至賜下了自己的獨生子。」

根據天主教的詮釋：天主為了耶穌的誕生，安排瑪利亞來到人間，所以她是無染原罪之身；瑪利亞又是耶穌基督的母親，所以她在蒙召升天後，成為世人與基督之間的中保聖人，可以代世人向天主祈求。

不過，天主教對聖母瑪利亞的尊崇，基督新教並不認同。我認為，聖母瑪利亞的「母性」，在心理上較能撫慰信徒，所以信徒在遭遇危難時會呼求她的名字。我想到，佛教也有女身母性、聞聲救苦的「觀音菩薩」。

我問多明哥太太：「塞拉神父為什麼會提及當年若望神父在艾爾摩沙的事蹟？」她說：「塞拉神父講論早年西班牙帝國在海外的傳教方式，特別引用若望神父的看法：傳教是神聖的奉獻，不應該伴隨殖民與貿易。」

我聽了很感佩，想不到當年若望神父就有這樣的看法。當年荷蘭人、西班牙人殖民臺灣，一邊掠奪資源，一邊傳播福音，不知天主會如何評判？

我再問多明哥太太：「當年若望神父有在信中說明聖母如何顯現嗎？」

「這個問題要請塞拉神父回答。或許他願意把當年若望神父寄來的信拿出來給你看。」

「可能嗎？」我滿懷期待地問她：「我正在研究西班牙統治臺灣時期的歷史，這是非常珍貴的第一手史料，我甚至願意搭飛機去塞維亞閱讀。」

「哇！我會跟塞拉神父說你的想法。」多明哥太太說：「我也會請他幫忙，因為你是一個熱情又認真的歷史研究者。」

下午四時，我把車子開到船邊，與多明哥夫婦在臉書加了好友，互相道謝告別，我們都度過很愉快又有意義的一天。

「我們再過幾天就會回到塞維亞，或許你二〇二〇年初就能來訪。」多明哥太太看著我：「我等一下就以手機私訊塞拉神父，一有消息馬上跟你說。」

塞維亞的百合聖母堂

海洋航行者號還未駛離基隆港，我就接到多明哥太太的私訊，第一句話就是：「好消息！」

多明哥太太說：「塞拉神父歡迎你去塞維亞，他也想和你談談十七世紀西班牙人在艾爾摩沙的歷史。」

「當年，聖母瑪利亞到底在艾爾摩沙顯現了什麼神蹟？」我懷著強烈的好奇心，立刻上網訂了機票和旅館。

二〇二〇年一月五日，星期日。早上，我搭機抵達塞維亞，多明哥夫婦來機場迎接，我們互相擁抱，隨即上車前往塞維亞的百合聖母堂，塞拉神父已在門口等候。當天是主日，塞拉神父抽空接待我，讓我非常感動。

這座教堂建立於十六世紀，塞拉神父談了時代的背景及教堂的歷史，讓我初步了解若望神父的身世。

歐洲在十四世紀展開文藝復興運動，十五世紀進入大航海時代，西班牙帝國逐漸強大並向全球擴張，先橫越大西洋在美洲建立殖民地，再橫越太平洋在東南亞的菲律賓建立殖民地，在十六世紀中至十七世紀中成為世界上最早、最強大的「日不落國」。

當時，西班牙南部的大城塞維亞，成為歐洲與美洲、亞洲之間的重要港口。西班牙船隊從美洲運來的白銀、黃金，從菲律賓經墨西哥運來的中國絲綢、瓷器，都是從塞維亞進入西班牙，再轉運歐洲各地。

那是西班牙歷史上所謂的「黃金時代」（一五二一—一六四三），西班牙人航行世界出於三個動機：財富的追求、國家的榮耀、傳教的熱情。

我看到這座古老的教堂，正在舉行主日彌撒。我問塞拉神父：「若望神父小時候就來這座教堂？」

「是的！若望是跟他母親來的。」塞拉神父說：「當時教堂的保祿神父，看著若望長大。」

原來，若望出身塞維亞的富商家庭，他的父親在美洲投資開採銀礦致富，不常回來塞維亞。他的母親是塞維亞百合聖母堂的信徒，常帶若望來教堂望彌撒。

塞維亞百合聖母堂的保祿神父，很喜歡若望這個孩子善良又熱情的個性，他在講道時曾提及若望的小故事，至今還留在教堂的紀錄裡。

教堂有附設孤兒院，若望在那裡交了不少朋友，每次跟母親來望彌撒，都會帶糖果、餅乾分給大家吃。有一次，保祿神父當面稱讚若望的愛心，當年才八歲的若望說：「天主要照顧的小孩太多了，雖然我也是小孩，但小孩也可以幫天主的忙。」

教堂裡有一座聖母像，若望看了很歡喜，有時看到陷入沉思。有一次，若望突然問保祿神父：「聖母還是小女孩時，會是什麼樣子呢？」保祿神父沒聽過這種問題，一時不知如何回答。

在保祿神父眼中，若望從小就很獨立，不但聰明，而且富有愛心和正義感。因此，教堂的神職人員及信徒都很喜歡他。

若望完成五年中學教育後，保祿神父想推薦他去馬德里大學修習醫學及神學。一六二五年初，十八歲的若望前來塞維亞百合聖母堂，拜訪他尊敬、信任的保祿神父。

若望跟保祿神父表達嚮往航海、遊歷世界的志願，想去當西班牙海軍，已取得父母勉強同意，希望再聽聽保祿神父的意見。

若望說：「我想去西班牙最遙遠的領土。」

保祿神父看若望充滿活力及好奇心，所以也贊成他去闖蕩世界。保祿神父也知道，若望如果下了決心，一定勇往直前。

保祿神父親吻若望的額頭，跟他說：「你在海外可能遭遇難以想像的危險，但你應該接受各種挑戰，才能磨練成長。」

保祿神父想到，道明會神父艾斯奇維（Jacinto Esquivel）已安排前往菲律賓馬尼拉，可以就近關照若望。因此，保祿神父建議若望跟著艾斯奇維神父一起去馬尼拉。

「艾斯奇維神父是一位很有想法的神父。」保祿神父凝視著若望：「你一邊保護他，一邊向他學習。」

寄給保祿神父的信

我聽塞拉神父講到艾斯奇維神父，想起我讀過的西班牙文獻有記載艾斯奇維神父的事蹟。我跟塞拉神父說：「若望與艾斯奇維神父兩人先到菲律賓，然後再一起去艾爾摩沙。」

塞拉神父想了一下說：「若望在艾爾摩沙待了十六年。」

我說：「西班牙人在艾爾摩沙十六年（一六二六—一六四二），直到被荷蘭人驅逐。」

「若望從艾爾摩沙回到西班牙，重新修習學業成為神父和醫師。」塞拉神父說：「他選擇前往美洲的偏鄉傳教和行醫，在當地受到無比的敬愛。」

中午，塞拉神父招待我和多明哥夫婦簡單用餐後，就帶我們到教堂的圖書室。我想到就要看到十七世紀西班牙人寄自雞籠的信，心情十分激動。

塞拉神父打開書櫃，小心地拿出一個木盒，我馬上靠過去看，一個非常古雅、刻著十字架的木盒。

「木盒裡的紙張，就是當年若望用鵝毛筆寫給保祿神父的信。」塞拉神父說：「一共有十八封信，第一封寄自馬尼拉，接著十六封寄自雞籠，最後一封寄自雅加達。」

我很好奇的問神父：「當年若望提及的聖母顯現，就寫在這些信中？」

「若望提及的聖母顯現，與一般傳說的聖母顯現不同。」塞拉神父說：「即使以我神父的眼光來看，都覺得非常奇妙。」

「啊！我等不及要看信了！」

「是不是聖母顯現？或者是什麼形式的聖母顯現？你不是天主教徒，可能會有不同的詮釋。」

塞拉神父戴上白布手套，打開一封一封依照日期順序、以西班牙文寫的信，仔細翻譯成英文給我聽，多明哥夫婦在一旁幫忙。

我對西班牙人在艾爾摩沙十六年的歷史相當熟悉，我一邊聽塞拉神父翻譯信件，一邊說明歷史背景，因而讓塞拉神父看懂了以前不大了解的內容。

我一邊筆記，一邊與塞拉神父討論，希望我在記錄時沒有錯誤和疏漏，心想：「這些信不只史料，根本是活生生的歷史！」

當天我們忙了一個下午，第二天上午再來，一直忙到傍晚，終於大功告成。

「這兩天，我好像經歷了一場神蹟！」我跟塞拉神父說：「我讚嘆若望神父當年在艾爾摩沙的事蹟。」

我與塞拉神父和多明哥夫婦告別，感謝他們的接待，並學習在額頭、胸口、兩肩畫十字架說：「感謝天主！」

重現歷史場景

我回到臺灣後，馬上整理筆記，在一連幾天的精神亢奮中，把若望神父當年以西班牙文書寫的信，翻譯成中文。

我帶著這些信，有如帶著十七世紀西班牙人在臺灣的歷史和故事，來到了和平島。

我走過平一路停車場的「諸聖堂」考古遺址，停下腳步，轉身對著挖掘中的教堂墓園，躬身行禮，心中一陣傷感，卻又滿心感動。啊！這裡埋藏著一個美麗而神聖的故事，或者說一個聖母顯現的神蹟。

我來到和平島公園，走上環山步道，看到下方的「蕃字洞」歷史建築，覺得非常浪漫。啊！原來西班牙人比荷蘭人更早在洞裡刻字，刻的是愛情。

我坐在海邊的岩石上，面對基隆嶼，想像海上浮現一對異族情侶，兩人划著獨木舟，航向飛魚之海。

在陽光與海風中，我朗讀一封一封的信，信中的歷史和故事，宛如一幕一幕的電影場景，在我眼前映演……

第2章 從墨西哥到菲律賓

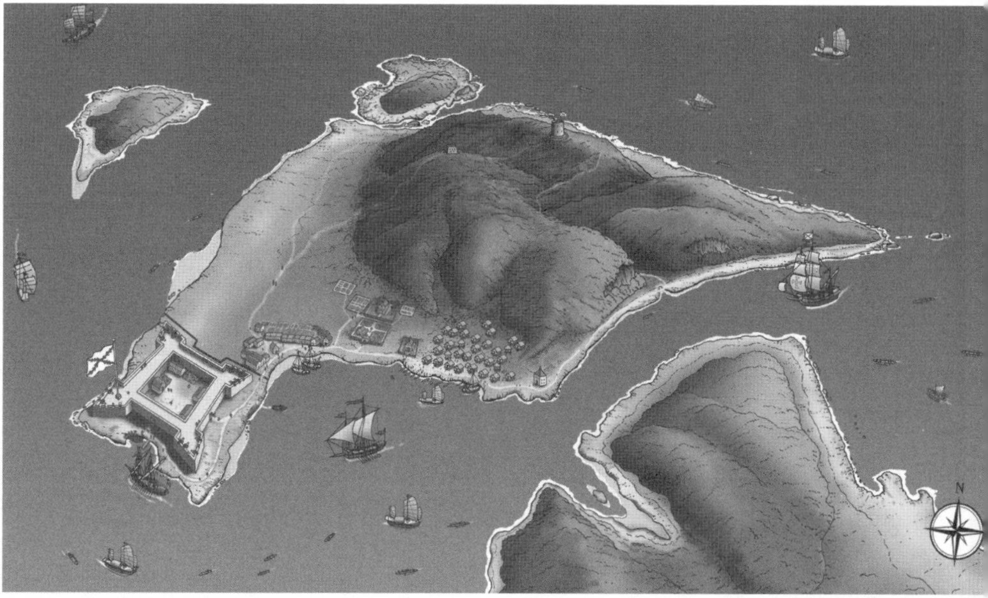

馬尼拉，一六二五年十二月三十一日

敬愛的保祿神父：

今年九月在塞維亞與你告別後，我與艾斯奇維神父搭船跨越大西洋到美洲的墨西哥，接著轉陸路到墨西哥西岸的阿卡普科，然後我們搭船橫渡太平洋到菲律賓群島，經過宿霧抵達馬尼拉。

三個多月的旅程，非常感謝在出發前有你的祝禱：「願恩寵與平安，由天主我們的父及主耶穌基督賜予你們。」我們終於平安到達了目的地！

在太平洋的長途航行中，我們搭乘加利恩帆船，這是我看過最大的船，有三層甲板，配備加農砲。船上除了水手、船工，還有很多軍人，也有不少商人，另有一些傳教士。船上的貨物，除了食物、飲水、酒及各種生活用品，還有貿易用的銀幣。

我是基層士兵，在日常勤務之外，也有一些空閒時間，我常去找艾斯奇維神父聊天，他是一位有智慧又風趣的人。

他介紹我看《西印度毀滅述略》，這本書讓我了解西班牙人對美洲原住民的傷害。記得你曾問我前往海外的動機？我說我把國家榮耀置於個人財富之上，但我現在開始思考一個問題：「西班牙是否真的讓我引以為榮？」

他還介紹我看《唐吉訶德》，這本小說看來是在諷刺脫離現實的瘋子，但我覺得每個人應該分辨幻想與理想，勇敢實現自己的夢想。

來到馬尼拉之後，很多人談論道明會神父高母羨的事蹟，我聽了既敬佩又感動。我與他同名，我將以他為榜樣。

西班牙統治菲律賓以來，在貿易、傳教上都有進展，但一直要防備荷蘭人的干擾和攻擊。荷蘭人去年在艾爾摩沙的南部海岸建立據點，已威脅中國帆船前來馬尼拉貿易，今年還與我們發生海戰。

為了與荷蘭人抗衡，我們也考慮在艾爾摩沙的北部海岸建立據點，這樣可以增加一個比馬尼拉更接近中國、日本的貿易和傳教基地。

今年聖誕節剛過，這是我多年來第一次未能在塞維亞百合聖母堂做聖誕彌撒，在教堂的聖母像前祈禱，但我相信聖母和耶穌一直與我同在。

今天是今年最後一天，我一切安好，我感覺新的人生跟新年一樣就要開始。

以聖吻請安

若望

橫渡太平洋

「若望士兵！趕快過來幫忙調整大帆！」

「是！長官！」若望大聲回答，隨即跑過去帆柱旁邊，用力拉緊繩索。他抬頭，看見桅杆頂端旗幟飄揚，那是西班牙帝國在十六、十七世紀的X型、紅色十字架海軍旗。

此時，西班牙最大型的加利恩帆船（Galeón），正航行在地表最大的太平洋上。這種三層甲板的四桅帆船，具有軍艦兼商船的功能，長約三十公尺，一般載客約三百人，載重三百至八百噸。

在大船上，若望迎向一望無際的大海，看見太陽每天從海平面上升、下沉，不禁讚嘆：「西班牙是偉大的國家，領土從歐洲跨越了美洲，到達了亞洲。」

西班牙在一四九二年支持哥倫布船隊橫渡大西洋到達美洲，一五一九年又支持麥哲倫船隊橫渡太平洋到達菲律賓，並在一五二一年完成首次全球環航，在人類航海史是偉大的成就。

在大航海時代（十五—十七世紀），歐洲人最早前往亞洲的航線，都是沿著大西洋東海岸南下，繞過非洲好望角到達印度洋，再沿著海岸到達東南亞。

一五六五年，當葡萄牙人、荷蘭人還走這條傳統海岸航線時，西班牙人則另闢了橫渡太平洋的新航線。

西班牙人依靠季風和洋流，在每年的十月至三月間，從美洲殖民地墨西哥的阿卡普科（Acapulco）出發，順著東風及北緯十五度的北赤道洋流，由東向西橫渡太平洋到達菲律賓，航行時間需要兩、三個月。

回程航線較長，在每年的六月，從菲律賓的馬尼拉出發，順著西南季風及北赤道洋流北上（即黑潮），經過臺灣東海岸到達日本南方，再順著西風及北緯四十五度的洋流，由西向東橫渡太平洋，在距離北美洲海岸約三百公里處轉向南方，順著西北風及洋流回到阿卡普科，航行時間需要五、六個月。

西班牙在一五三五年設立「新西班牙大總督」，統治轄區是西班牙在美洲、亞洲、大洋洲的殖民地，首府在墨西哥城。「新西班牙大總督」屬下的「菲律賓總督」，統治轄區是菲律賓群島及一些大洋洲島嶼，首府在馬尼拉。

日不落國

若望人生第一次航行太平洋，在漫長的旅途中，他有空就去找道明會神父艾斯奇維神父聊天。若望心想：「保祿神父叫我一邊保護他，一邊向他學習，但看來他根本不需要保護。」

當年艾斯奇維神父才三十三歲，他年輕時已決定獻身天主。道明會是天主教「托缽修道會」的派別之一，誓願貧窮而奉獻教會，其會士因身披黑色斗篷而被稱「黑衣修士」。在若望眼中，艾斯奇維神父注重服裝整齊，看似拘謹，為人卻和藹可親。

「西班牙是日不落國！」若望跟艾斯奇維神父說：「我以我的國家為榮。」

「我是神父，應該談天主的國。」艾斯奇維神父笑著說：「但我很想問，在美洲、菲律賓，西班牙以武力征服原住民、強占殖民地，並且課徵稅賦、勞役，是否違背了天主的公義？」

若望從沒想到這個問題，他隨口說：「西班牙是文明的國家，我們為落後的地方帶來進步。」

「事實上，我們給他們帶來傷害。」艾斯奇維神父冷冷地回他。

「有那麼嚴重嗎？」若望說：「他們為我們工作，也得到了酬勞，這樣才能脫離原始、貧窮的生活。」

艾斯奇維神父說：「這只是表象，真相恐怕不是這樣。」

西印度

艾斯奇維神父從行李箱拿出一本《西印度毀滅述略》，他跟若望說：「你先看完這本書，我們再來討論。」

「西印度」是大航海時代的歷史地名。一四九二年，哥倫布船隊要前往印度，不走由西往東經過印度洋的傳統航線，改走由東往西跨越大西洋的新航線，結果到達了美洲，卻以為是印度，因此美洲最早被稱為印度。後來，為了區分真的印度，美洲一度稱為「西印度」，印度地區則稱「東印度」。

《西印度毀滅述略》（*Brevísima relación de la destrucción de las Indias*）一書於一五五二年在塞維亞出版，作者是道明會神父拉斯・卡薩斯（Bartolomé de las

Casas），他在書中揭露西班牙人殖民中南美洲及加勒比海群島的惡行劣蹟，為了礦場、農場、採珠場的利益，殘暴奴役印第安人，甚至殺害他們、掠奪他們的財產。

若望花了幾天時間讀完《西印度毀滅述略》，感到巨大震撼，他問艾斯奇維神父：「為什麼我們的國家、社會可以容忍這樣的事？」

「因為這不但事關個人利益，也涉及國家利益。」艾斯奇維神父說：「既得利益的一方視為當然，被剝削的一方聲音微弱。」

若望問：「我父親在美洲投資開採銀礦，我從沒聽他談過印第安人的事。」

「這是長期、結構性的問題了！」艾斯奇維神父說：「西班牙人和葡萄牙人為了採礦的人力需求，強迫徵召美洲印第安人，甚至引進非洲黑奴，在礦場惡劣的工作和生活環境，多年來不知害死了多少人！」

艾斯奇維神父解釋：「葡萄牙、西班牙、荷蘭為了國家領土的擴張，都試圖提出正當性的理論依據，包括高文明對低文明國家的權利和義務、各國之間的公平貿易，以及普世宣揚基督福音等說法，但這些都不能合理化征服、殖民原住民的行為。」

若望問：「教會的力量無法制衡嗎？」

艾斯奇維神父說：「國家在政治上希望對殖民地實施特別行政法，讓殖民官僚取得特別行政權，以取得最大的利益。但教會主張萬民法，認為所有人類都是天主的子民，應該使用一樣的法律。

「教會只能盡力制衡，但不一定能夠成功，何況教會內部的意見未必一致，有些人還會迎合政治以獲得利益。」

若望問：「我是士兵，必須服從長官的命令，我可以做什麼呢？」

「你可以盡力而為！」艾斯奇維神父說：「你要為天主的公義奮鬥！」

唐吉訶德

艾斯奇維神父拿出另一本書《唐吉訶德》，他跟若望說：「這本書比較輕鬆，你再看看吧！」

《唐吉訶德》（*Don Quijote de la Mancha*）是一六〇五、一六一五年分兩部出版的小說，作者是西班牙文學家塞萬提斯。這是一部諷刺小說，描述在已經沒有騎士的年代，小說主角唐吉訶德卻因閱讀騎士小說而幻想自己是騎士，做了很多自不量力的荒唐事情，最後才從夢幻中醒過來。

在中世紀的歐洲，騎士是勇敢、忠誠的象徵，具有鋤強扶弱、保護老幼婦孺的俠義精神。但時代變了，如果再沉迷騎士小說，就是不切實際了。

書中，以騎士自居的唐吉訶德，單槍匹馬衝向風車，落得遍體鱗傷的下場。若望讀了覺得好笑，但他也想到，如果唐吉訶德衝撞的是不公不義的城牆呢？

若望把書讀完後，迫不及待跑去跟艾斯奇維神父說：「如果是為了實現偉大的夢想而奮戰，就不能說是不切實際、不自量力。」

「自己堅信是對的事，就要努力去做！」艾斯奇維神父稱讚若望的讀後感，他拍拍若望的肩膀：「追尋真理的路上不能退卻。」

「雖然騎士時代已經不再，但騎士精神不應沒落。」若望說：「我反對欺壓弱小，我會站在他們那邊。」

「這樣你就站在天主這邊了！」艾斯奇維神父說：「願天主賜你恩寵與平安。」

馬尼拉

一六二五年十二月二十二日，耶誕節的前幾天，若望和艾斯奇維神父順利抵達馬尼拉。

西班牙人早於一五七一年在馬尼拉建城，展開殖民統治。道明會也在馬尼拉設立「聖多瑪斯大學」（Universidad de Santo Tomás），作為亞洲傳教基地。

若望隨著軍隊走在馬尼拉的街道上，看到教堂、學校、市集、商店、旅館、酒館等，這是一座具有西班牙風味的東南亞熱帶城市。

菲律賓是多族群、多語言的群島，最大島是北部的呂宋島（他加祿語 Luzon），馬尼拉是呂宋島最大城。馬尼拉住著菲律賓不同族群的原住民，通行的語言是「他加祿語」（Tagalog）。

馬尼拉還有很多華人，主要來自福建，以漳州人居多，他們大都來這裡做生意，福建漳泉語叫做「生理人」（sing-lí-lâng），所以菲律賓人和西班牙人稱華人為 Sangley。華人居住的地區，漳泉語叫做「港內」（澗內），菲律賓人則稱之 Parian（八連）。

當時，中國對外貿易只開放廣東的澳門、廣州兩個港口，並把澳門租借給葡萄牙人，但不准廣東人出海貿易。中國雖然不開放外國人到福建貿易，卻准許福建人出海貿易，因此有大量福建人前往菲律賓。

由於華人在菲律賓的人口不斷增加，勢力也愈來愈大，引起西班牙殖民政府的憂慮。在一六〇三年（明萬曆三十一年），西班牙人以擔心中國進軍菲律賓、菲律賓華人可能內應為由，發生屠殺華人事件，馬尼拉死了兩萬華人。

高母羨

若望來到馬尼拉後，第一個假日就去教堂找艾斯奇維神父。他走進教堂，看到艾斯奇維神父正在跟一位菲律賓人學講菲律賓語。

艾斯奇維神父看到若望來訪，非常高興，馬上拉著若望的手前往他的住處，一邊走一邊問：「你怎麼沒有跟同伴出去玩樂？」

若望說：「他們有邀我逛街，但我想來找你。」

「你可以跟他們出去玩啊！」艾斯奇維神父微笑著：「軍中生活需要放鬆，不要鬧事就好。」

若望沒想到艾斯奇維神父這麼開明，一時不知如何回答，隨口就說：「下次再去吧！」

若望跟著艾斯奇維神父走進房間，在書桌旁的椅子坐下，看到書桌上有一個人像畫框，以及幾本書。

「這是已故高母羨神父的畫像，以及他生前在馬尼拉所寫的書。」艾斯奇維神父說：「我在西班牙受到高母羨神父的精神感召，才決定來菲律賓宣傳福音。」

書桌上的書，都是高母羨（Juan Cobo）神父一五八八年來馬尼拉之後的著作。有一本是把中國明代編著歷代聖賢的道德啟蒙書《明心寶鑑》翻譯成西班牙文《Beng Sim Po Cam: Espejo rico del claro corazón》，一五九二年在馬尼拉出版，這是最早以西班牙文翻譯中文的書。

另外兩本是以漢字（漳州音）寫的《基督要理》、《無極天主正教真傳實錄》，高母羨用來對菲律賓華人傳教。

艾斯奇維神父告訴若望：「高母羨神父首先學習傳教對象的語言及文化，再來編寫傳教的材料，這是傳教的典範。」

艾斯奇維神父說：「高母羨神父走入馬尼拉的華人區，一邊傳教一邊教華人西班牙文及西方知識，甚至到醫院照顧生病的華人。」

若望說：「高母羨真是一位博學又仁慈的神父。」

「根據教會的紀錄，高母羨神父曾把自己的床鋪借給生病的華人，他就睡在地板上。」艾斯奇維神父娓娓道來這些書背後的故事。

「高母羨神父一定留下很多感人的事蹟。」若望等待艾斯奇維神父講更多的故事。

一五九二年初，統一日本的豐臣秀吉政權，要求統治菲律賓的西班牙人前來朝貢，並威脅如果不從將攻打馬尼拉。一五九二年六月，高母羨神父由菲律賓總督達斯馬里尼亞斯（Gómez Pérez das Mariñas）任命擔任特使，前往日本表達善意。

高母羨神父辛苦抵達日本後，在名古屋會見了豐臣秀吉，說服豐臣秀吉暫時打消出兵菲律賓的計畫，完成傳達西班牙希望和平及傳教的任務。

一五九二年底，高母羨神父搭船返回馬尼拉，途中遭遇海上風暴，船在艾爾摩沙北海岸觸礁擱淺，船上人員失蹤。後來，西班牙官方進行調查，高母羨神父及隨行人員可能被當地原住民殺害，死於一五九三年。

若望說：「高母羨神父拚命工作，天主讓他去天堂休息了。」

「我在想一個問題。」艾斯奇維神父說：「如果高母羨神父當年沒有因船難而殉職，他有沒有能力阻擋一六〇三年西班牙人屠殺菲律賓華人的事件呢？」

若望表示他不知道，「但我相信高母羨神父一定會盡力阻止。」

艾斯奇維神父點頭贊同若望的看法，他說：「神父遇到政治問題，常會有無力感，但一定要盡力。」

艾斯奇維神父告訴若望，菲律賓總督席爾瓦（Fernando de Silva）決定在艾爾摩沙建立據點，目前已經收集完整的地圖及探勘資料，可能近期內就會出發。

一六二四年，荷蘭人在艾爾摩沙的南部海岸建立據點，並干擾、威脅中國帆船前來馬尼拉貿易。一六二五年四月，荷蘭與西班牙在菲律賓海域發生激烈海戰。因此，西班牙人決定在艾爾摩沙的北部海岸建立據點，除了在軍事上與荷蘭人抗衡之外，也增加了一個比馬尼拉更接近中國、日本的貿易和傳教基地。

「我已經向主教表達希望前往艾爾摩沙！」艾斯奇維神父說：「天主要我們往普天下去，向一切受造物宣傳福音，我選擇去最遠的地方！」

「我跟你去！」若望看著艾斯奇維神父：「保祿神父請我保護你，其實是要我跟你學習。」

「我們一起學習！」艾斯奇維神父說：「我們去一個新的地方宣傳福音，雖然可能跟以前一樣糾纏在殖民、貿易之中，但我們應該嘗試走出一條不同的路。」

第3章

前進艾爾摩沙

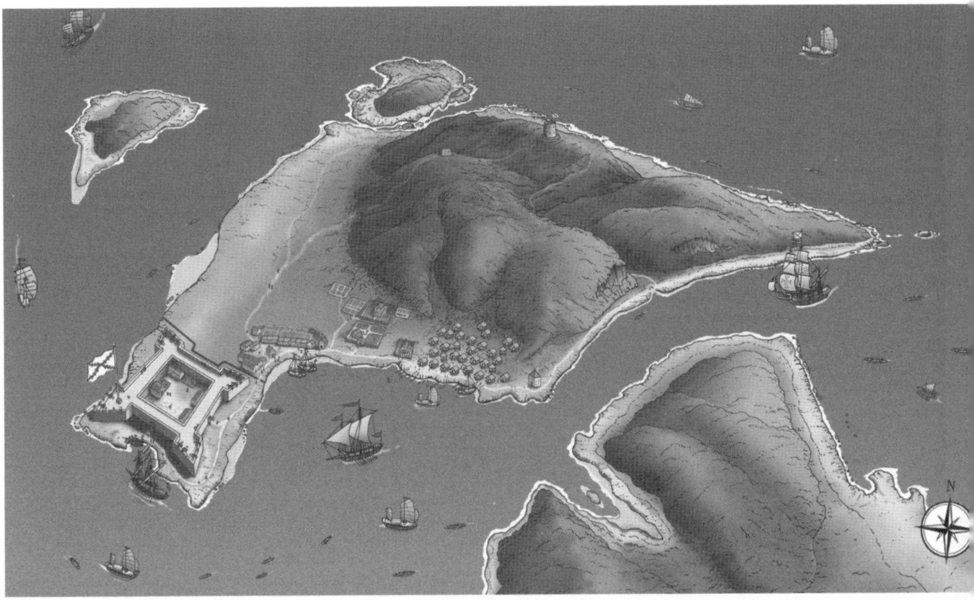

雞籠，一六二六年五月十六日

敬愛的保祿神父：

我和艾斯奇維神父已經從菲律賓來到艾爾摩沙，感謝天主賜予我們恩寵與平安。

回想我的旅程，我先從歐洲橫渡大西洋到美洲，再橫渡太平洋到亞洲，然後從菲律賓再向北航行到艾爾摩沙，所以這裡是我到過離西班牙最遠的地方了。

五月初，我們的船隊共有十四艘船、兩百多人，由菲律賓總督席爾瓦任命的司令巴爾德斯率領，從菲律賓北上，沿著艾爾摩沙東海岸航行，從船上看艾爾摩沙，藍色的大海、綠色的高山，正如其名的美麗之島啊！

我們一邊航行，一邊為海岸命名，最後駐紮在艾爾摩沙北海岸一個叫「雞籠」的小島，這是華人、日本人、歐洲人及土著馬賽人共同使用的國際地名。小島南岸離陸地很近，中間有一條狹長的水道，划竹筏或小船很快就可以到達對岸了。

今天早上，我們在島上舉行占領儀式，由剛上任的雞籠長官巴爾德斯主持，神父和軍隊在一旁見證，現場掛著國旗、立起十字架，宣布以西班牙國王名義擁有此島主權。

島上的馬賽人，看到我們的船隊登陸後，都逃到對岸去了。我們來的人太多了，嚇到他們了，艾斯奇維神父說要趕快去對岸請他們回來。

保祿神父，我已愛上這個小島了！當我們的船隊快要抵達時，你猜我看到什麼？小島的小山丘上竟然開滿了白色的百合，我感覺聖母瑪利亞正在迎接我們。

我一上岸，就看到岸邊有一群小孩，其中有一位可愛的小女孩，她身穿白裙，手上捧著百合，她的臉龐和眼神就像白花那麼純潔，彷彿一幅畫。

你記得嗎？我們的百合聖母堂裡有一座聖母像，我小時候曾經問你：「聖母還是小女孩時，會是什麼樣子呢？」

當時你笑著沒有回答，現在我好像有答案了，我在艾爾摩沙看到聖母小時候的「瑪利亞女孩」。

以聖吻請安

若望

航向雞籠

一六二六年春，由菲律賓總督席爾瓦任命巴爾德斯（Antonios Carreño Valdés）

擔任司令組成的遠征艦隊，先從馬尼拉到呂宋島北部的萬圭（Bangui）集結，共有兩艘西班牙戰船（槳帆船）、十二艘中國帆船（戎克船），船上有水手、軍人、船工、傳教士、商人等兩百多人。

五月四日，西班牙遠征艦隊從萬圭出發，前往艾爾摩沙北端的雞籠。以西班牙著名「無敵艦隊」（西班牙語：Armada Invencible）的規模來看，這支遠征艦隊不大，因為菲律賓總督及幕僚、巴爾德斯司令都判斷此行不大可能遭到荷蘭艦隊攻擊。

對若望來說，此行的任務是軍事占領，由海軍上尉安德列斯帶領一百多位士官兵負責執行。此時，若望的軍階已從士兵升到下士，他的屬下有很多菲律賓士兵。他知道此行並非上戰場，所以好奇多於緊張。

五月七日，船隊經過巴士海峽，隨即轉向沿著艾爾摩沙東海岸北上。由於荷蘭人已在艾爾摩沙西海岸的南部建立據點，並控制了附近的海域，所以才選擇走艾爾摩沙東海岸，以避開荷蘭人可能的攻擊。

船隊繼續北上來到噶瑪蘭（Cavalan，今宜蘭）海岸，看到一個先前探查報告中的天然良港，不但可以避風浪，還能夠作為馬尼拉與雞籠之間的中途站及戰備港。巴爾德斯司令在討論後，將這個港口命名「聖羅倫佐」（San Lorenzo）。聖羅倫佐港灣就是後來福建漳泉人所稱的「蘇澳」（Soo-ò）。

若望沒聽過聖羅倫佐的事蹟，艾斯奇維神父告訴他，羅倫佐是西元三世紀的基督教徒，被教會認為是最堅貞、勇敢的殉道者之一。傳說當年政治掌權者要求羅倫佐交出教會的財產，羅倫佐召集貧窮的教徒，對著掌權者說：「基督已住在他們裡面，他們就是教會最珍貴的財產！」最後，羅倫佐被施以酷刑並燒死。

不久，船隊經過一處很大弧度的海灣，命名「聖卡塔利娜」（Santa Catalina）。聖卡塔利娜是十六世紀的西班牙修女（一五三三—一五七四，又稱 Catherine of Palma），因宗教上的「狂喜」（ecstasy）神祕經驗，死後被視為聖人，但直到一九三〇年才正式封聖。美國加州海岸也有一處聖卡塔利娜海灣，最大城市是聖地牙哥。艾爾摩沙的聖卡塔利娜海灣，即今蘇澳與三貂角之間的蘭陽灣。

五月十日，船隊來到聖卡塔利娜海灣的最北處的岬角，這裡是臺灣本島最東的岬角，命名「聖卡塔利娜岬」（Punta de Santa Catalina），即今「三貂角」海岬。

船隊繞過聖卡塔利娜岬後，隨即發現有一個原住民聚落（原住民地名 Caquiu-anuan），就以西班牙語命名 Santiago，即後來漳泉人音譯 Santiago 所稱的「三貂角」、「三貂股」。

若望知道 Santiago 就是 San Jacobo（聖雅各伯），指耶穌的十二位門徒之一雅各伯。艾斯奇維神父表示，雅各伯與伯多祿本是漁夫，兩人放下所有跟隨耶穌。雅各伯本來個性暴躁，後來變得心胸寬大，並勇敢傳教，成為第一位殉道的耶穌門徒。傳說雅各伯曾到西班牙傳教，遺骨埋葬西班牙，受到西班牙人尊敬。

若望說：「在天主教的傳統，殉道者具有崇高的地位。」

「他們會被尊稱聖人！」艾斯奇維神父說：「西班牙人在美洲的地名，也用了很多聖人的名字來命名。」

聖母之島

五月十二日，船隊繞過艾爾摩沙的東北角，轉入一處狹長的水道後，就要抵達目的地雞籠了。

此一水道隔離雞籠島與艾爾摩沙陸地，寬度僅約七十五公尺，即漳泉語所稱的「八尺門水道」。

「看啊！好多百合！」若望在船上一邊驚呼，一邊指著雞籠島上山丘開滿白色的百合。

這是臺灣原生種的白色百合，每年四、五月是花季，在臺灣北海岸及附近島嶼盛開。一八五四年四月，蘇格蘭旅行家、植物學家福鈞（Robert Fortune）在淡水上岸就看到遍地的百合，即一八九一年英國植物學家Alexander Wallace所發表的「福爾摩沙百合」（*Lilium formosanum*）。

歐洲自中世紀以來，白色的百合被視為純潔的象徵，基督徒常用來供奉聖母瑪利亞，稱之「聖母百合」。根據《新約聖經．瑪竇福音》，天使告知童貞女瑪利亞，她獲得天主恩寵，將懷孕生下耶穌基督。傳說，當時天使手上捧著白色的百合獻給瑪利亞。

「我們來到了聖母之島！」艾斯奇維神父看到那麼多白色的百合，也感到驚喜。若望說：「聖母來迎接我們了！」

瑪利亞女孩

在西班牙人前來艾爾摩沙（葡萄牙語、荷蘭語稱之福爾摩沙）之前，由福建航海人以漳泉語命名「雞籠」的小島，島上的居民是艾爾摩沙北海岸的原住民馬賽人

（Basai），而馬賽人稱這個小島為Tuman。

Tuman不但是小島，而且山多平地少，不利農耕、畜牧。然而，早在史前時代，這裡的馬賽人就懂得尋找出路，在他們眼中，海不是阻隔，而是道路。他們以海運之便，除了漁撈，也與生產稻米的淡水、噶瑪蘭等地往來，使這個小島發展成為交易中心。

自十五世紀以來，中國福建與琉球、日本之間的商船往來熱絡，雞籠成為航線途中的航海指標及貿易轉運站。在這個小島上，馬賽人與華人、琉球人、日本人以物易物，主要以硫磺、鹿肉、獸皮、藤類、薯榔（染料植物）、漁獲等，交換外地的布匹、陶瓷、鐵器、刀子、菸酒等。

到了十七世紀初，世界兩大海權國家荷蘭、西班牙，雙方對抗的戰場從歐洲擴及東亞，把艾爾摩沙帶上國際歷史舞臺。

那天，雞籠島上六歲的馬賽女孩雨蘭（馬賽語Ulan，臺語音ú-lân），跟著幾個男女小孩同伴，一起到島上東邊的小山丘（今社寮東砲臺）遊玩。雨蘭一邊看海，一邊採集百合。

雞籠的山丘上有很多野花，雨蘭常來採集。每年春夏之交是百合盛開的季節，雨蘭採了這種島上最大最香的野花，插在家裡的水甕，她的媽媽進門聞到香味，就會稱讚雨蘭聰明。

雨蘭三歲時爸爸過世，她和媽媽一起生活，也常去奇宛暖（馬賽語 Kivanowan，即三貂角聚落）找外公外婆（馬賽人不是母系社會）。

雨蘭叫她媽媽「地娜」（馬賽語 Tina），在馬賽語是母親的意思。地娜在家裡周邊空地種植蔬菜、芋頭，下海捕撈海鮮、海藻，也販賣她做的貝珠飾品。

雨蘭採好了一束百合，一個人先爬上山頂，正想唱歌時，突然看見南方海上出現船隊，準備開進雞籠南岸的水道。

「啊！好多船！」雨蘭從沒看過那麼多艘船同時進來雞籠，驚叫了一聲，她的同伴已圍了過來，大家看了都覺得新奇。

大家討論一下，沒有結果，就一起衝下山，來到水道岸邊，睜大眼睛看著船隊駛入水道。

船隊從水道進來，水道的右側就是雞籠，岸邊有很多房子，主要是馬賽人的聚落，另有幾戶是常來這裡做生意的福州人住家。

雨蘭站在她家前面的岸邊，手上捧著百合花束，看著一艘一艘的船停靠岸邊，船上的人一個一個走到岸上。她特別注意一群服裝整齊的軍人，以及幾位披著黑色斗篷的神父。

若望剛上岸，一眼就看到一位身上穿著白裙、頸上掛著白色貝飾、手上捧著白色百合的小女孩，他比剛才在船上看到島上滿山百合更加驚喜，心想：「這不就是聖母瑪利亞小時候的樣子嗎？」

他正想揮手跟這位「瑪利亞女孩」打招呼，卻看到她轉身跑了。

原來，雞籠馬賽人聚落的長老波那，看到不明船隊前來，尤其船上有很多持火繩槍的軍人，還在搬運大砲，他覺得情況不對，就趕緊通知大家先離開再說。

雨蘭突然看到地娜和鄰居的大人從家裡跑出來，叫小孩趕快回家。然後，每個人都拿著簡單的包裹，衝出家門來到岸邊，陸續上了竹筏、舢舨，划到對岸另一個馬賽人聚落。

地娜從沒遇過全村緊急逃難，雨蘭從媽媽眼中看到惶恐，但她卻心情平靜。

雨蘭站在竹筏上，回頭看著已經靠岸的西班牙船隊，船桅頂端的紅色X型旗子，正在風中飄揚，她感覺全村人的命運就要改變了。

西班牙帝國最遙遠的殖民地

一六二六年五月十六日上午，在西班牙遠征艦隊司令巴爾德斯的命令下，安德列斯上尉帶著全體士官兵出列，多明哥、迪亞哥、荷西、艾斯奇維四位神父在一旁見證，舉行了占領雞籠的典禮。

當天，巴爾德斯從遠征艦隊司令升級為統治雞籠的長官，他宣示以西班牙國王費利佩四世（西班牙語 Felipe IV）的名義，合法占領雞籠，並將在此駐兵，興建城堡、堡壘、教堂、學校、醫院等。

然而，對雞籠的原住民馬賽人來說，這是島上首次出現統治政權，而且是外來政權，從此馬賽人不再是島上的主人。

若望站在占領典禮的隊伍中，看著飄揚的國旗、豎起的十字架，感到了國家的榮譽，但心中又浮起艾斯奇維神父啟發他去思考的問題：「西班牙是否真的讓我引以為榮？」

占領典禮結束後，若望跟艾斯奇維神父說：「這裡是西班牙帝國最新、最遙遠的殖民地了！」

「何謂合法占領？占領了人家的土地和房子，如何跟人家宣揚福音？」艾斯奇維神父說：「現在先不談這些，我們把他們嚇跑了，現在應該去請他們回來。」

若望說：「我看到有不少水手和船工進入民宅，還拿走人家的物品。」

「可能還損壞了人家的房子！」艾斯奇維神父說：「這都要賠償的！」

艾斯奇維神父去找其他三位神父，希望大家一起去見巴爾德斯長官，要求他下令所有人員離開民宅，如果有損壞也應該賠償。

四位神父中年紀最大的多明哥神父說：「我們不能要求長官，只能建議，但長官未必同意。」

「讓我來講！」艾斯奇維神父表示：「我們總要盡力說服長官。」

四位神父來到長官暫住的軍營，巴爾德斯長官不大認識新來的艾斯奇維神父。艾斯奇維神父向長官說明原委，最後強調：「我們應該平等對待天主的子民，與他們和平相處也有助於我們在這裡發展。」

巴爾德斯長官聽了，沒有馬上回應，在一旁的安德列斯上尉突然說：「如果可以徵用民宅，將有助於我們即將展開的各種工事。」

艾斯奇維神父搖了搖頭，對著巴爾德斯長官說：「西班牙過去在美洲和菲律賓都犯了錯誤，希望在艾爾摩沙可以改過，一切重新開始。」

「我會下令所有人員離開馬賽人聚落。」巴爾德斯長官想了一下：「但損壞一定要賠償嗎？」

艾斯奇維神父聽到巴爾德斯長官同意讓馬賽人回來，不想節外生枝，所以馬上回答：「我和神父們先去請他們回來，希望房子沒有損壞。」

巴爾德斯長官說：「我派軍隊和通譯陪你們去，保護你們的安全。」

「謝謝長官，但不要派太多軍人！」艾斯奇維神父笑著說：「以免又嚇到他們。」

「我可以請求長官派甘波士醫生跟我們一起去嗎？」艾斯奇維神父順勢提出要求。

巴爾德斯長官不知艾斯奇維神父為何要找隨軍醫生一起去，隨口就答應！

以雨為名的馬賽女孩

艾斯奇維神父與其他三位神父，以及甘波士醫生，還有隨軍通譯，在若望下士帶領十位士兵的護衛下，搭船渡過水道來到對岸的馬賽人聚落。

這位通譯名叫阿福，他是在馬尼拉出生長大的華人，不但會講福建話、菲律賓語（他加祿語）、西班牙語，還懂一些馬賽語，因為馬賽人與菲律賓人也有往來。事實上，菲律賓語與馬賽語都屬「南島語系」（Austronesian languages），有很多共通的詞彙。

艾斯奇維神父一行人來到這個位於沙灣上的聚落，沙灣溪在此入海。艾斯奇維神父請若望下士把士兵帶到後方遠處，再請阿福先去見馬賽人，轉告西班牙人希望與他們溝通的善意。

不久，阿福帶著波那長老及幾位族人走出來，隨即向艾斯奇維神父介紹波那長老。艾斯奇維神父也請阿福向波那長老介紹他們一行人，並說明他們是奉雞籠長官的命令前來溝通。

「我們很抱歉，那天嚇到了你們。」艾斯奇維神父跟波那長老說：「請你們趕快搬回島上居住，如果房子有損壞，我們會賠償。」

波那長老聽了阿福的翻譯，先是又驚又喜，但與一旁族人討論後，又覺半信半疑。最後，波那長老跟艾斯奇維神父道謝，並請一旁族人馬上去跟大家轉告好消息。

「我們都是天主的子民！」艾斯奇維神父說：「我們是平等的！」

「我們應該互相學習對方的語言！」艾斯奇維神父還跟波那長老說：「以後請你教我講馬賽語。」

艾斯奇維神父也向波那長老介紹甘波士醫生，並說馬賽人如果受傷或生病，都可以找甘波士醫生治療。

若望從遠處看到雙方洽談順利，就一個人慢慢走了過來。艾斯奇維神父看到若望，就請他趕快過來見波那長老。

若望向波那長老行軍禮時，看到不遠處站著一個馬賽女孩，原來就是前幾天在水道岸邊、手捧百合的那位「瑪利亞女孩」。

隨後，若望拉著阿福走近雨蘭，看到雨蘭並未躲開，眼神也不害怕，就先向雨蘭行軍禮，然後蹲下來說：「我是若望，請問妳叫什麼名字？」

雨蘭聽了阿福翻譯，笑著說：「我叫 Ulan！」

「Ulan 是雨嗎？」阿福說：「雨的菲律賓語也叫 Ulan。」

若望聽了阿福解釋，笑著說：「哇！我一次學會了兩種語言。」

若望再問雨蘭：「妳的名字為什麼叫雨呢？」

雨蘭說：「媽媽生我的時候是冬天，一連下了四十天的雨。」

此時，雨蘭的媽媽走了過來，雨蘭叫了一聲：「地娜（Tina）！」

「她是妳的媽媽？」阿福跟雨蘭說：「媽媽的菲律賓語叫 Ina。」

若望也向地娜行軍禮，並且向她道歉：「很抱歉那天嚇到妳了，請妳趕快搬回島上。」

地娜聽了阿福翻譯，臉上現出笑容。雨蘭看到地娜笑了，也跟著笑了。

若望看到雨蘭和地娜都笑了，心想：「我們今天所做的事，一定會得到天主的嘉許。」

第4章
聖救主城

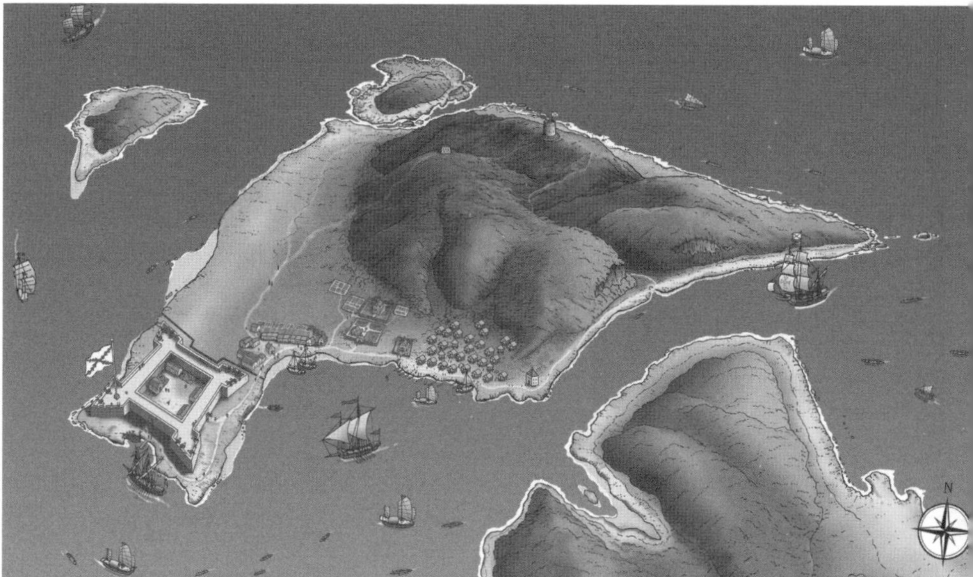

雞籠，一六二七年四月四日

敬愛的保祿神父：

我收到你的回信了，感謝天主賜你平安，也感謝你祝福遠在艾爾摩沙的我。

西班牙人從菲律賓來艾爾摩沙的雞籠建立據點，現在已開始興建「聖救主城」及其三個堡壘，還有「諸聖堂」等教堂，以及學校、醫院等。

我們剛登島時，馬賽人都逃走了，艾斯奇維神父請求巴爾德斯長官讓馬賽人回來，結果做到了，但答應要賠償他們的損失，終究失信了。不過，艾斯奇維神父請求不要像在菲律賓對土著徵稅，巴爾德斯長官則暫時答應了。

現在島上很多建築工事，巴爾德斯長官還要徵召馬賽人的人力，艾斯奇維神父深感內疚，只能用天主的愛來補償。艾斯奇維神父說，現在西班牙人在艾爾摩沙，希望能夠跟過去在美洲、菲律賓有不一樣的做法。

在我認識的幾位神父中，艾斯奇維神父無疑是最特別的一位。諸多神父跟隨軍隊到海外，一方面為天主奉獻，另一方面也幫帝國殖民，但艾斯奇維神父隨時自我警惕，他說他是「天主之僕」，他因宣傳福音而來，絕不能因私利或怯懦變成殘暴統治的幫凶。

我們在雞籠開辦了西班牙學校，有幾十位當地馬賽人、華人的小孩來上課，由神父們教他們羅馬拼音和西班牙語，我有空也會去幫忙。艾斯奇維神父也在努力學習馬賽語，他說要編寫馬賽語的教理書，讓馬賽人能夠直接閱讀《聖經》的真理。

我上封信提到的那位「瑪利亞女孩」，她學西班牙語比我學馬賽語快多了，我們已經能用西班牙語簡單溝通了。艾斯奇維神父偶爾講到聖經的道理，她也有所領悟。

對了！她的名字叫Ulan，在馬賽語是雨的意思。我在聖救主城度過了第一個冬天，終於明白為什麼她媽媽會讓女兒以雨為名。由於東北季風，雞籠的冬天幾乎天天下雨，又濕又冷的天氣，讓我想念西班牙的陽光。

馬尼拉預計每年春、夏各派一次補給船來這裡，但前兩次的補給船都因故未能抵達，造成物資缺乏，尤其米糧不足，所以我們需要向島上少數福州人買他們從福州運來的米，或者前往艾爾摩沙北海岸的淡水向種稻的馬賽人買米。

巴爾德斯長官曾派維拉中士帶領二十位士兵去淡水買米，卻因不明原因遭到當地馬賽人攻擊，造成維拉中士及七名士兵死亡。巴爾德斯長官已計畫派軍隊去淡水報復，但艾斯奇維神父認為報復不是解決問題的辦法。

今天是春分滿月後的第一個星期日，今年的復活節，也是我在艾爾摩沙的第一個復活節。願耶穌基督戰勝罪惡和死亡而復活的福音，為世人帶來救恩和希望。

聖救主島

西班牙人占領雞籠（今和平島）後，開始興建「聖救主城」（聖薩爾瓦多城，San Salvador），所以整座島也稱「聖救主島」，城堡前的小港就叫「聖救主港」，城堡旁的小街就叫「聖救主街」（後稱福州街）。

以「救世主耶穌」命名之島，逐漸展現西班牙及天主教的風貌。

聖救主島是緊鄰艾爾摩沙北海岸的小島，由主島（後稱社寮島）及西邊的小嶼（後稱桶盤嶼）、西北邊小嶼（後稱中山仔）組成。全島地勢北高南低，北岸因風蝕海蝕形成奇岩怪石的地貌，中北部山丘則抵擋東北季風而屏障了南部平地的居住空間。因此，除了山丘上的軍事堡壘，所有的建築物都在南部及西南部的平地上。

這天，艾斯奇維神父請若望下士帶領他參觀全島的建築工事。

正在興建中的聖救主城，位於雞籠島西南角海岸，周長約四百公尺，比同時期荷蘭人在大灣（今臺南安平）所建的熱蘭遮城還大，成為東亞最大的歐式城堡。

若望向艾斯奇維神父簡報，聖救主城因擔心使用木材容易腐朽，所以決定以石塊建造（淡水河南岸山區的灰色石塊，今稱觀音石）。

艾斯奇維神父說：「聖救主城不但是雞籠島上的地標，也是西班牙人在艾爾摩沙的象徵。」

雖然聖救主城還只是雛形，但已派士兵守衛，城牆結構也插上了西班牙國旗，從城下可看到城上國旗飄揚。

若望說：「西班牙在距離本土那麼遙遠的地方，還能建立一座偉大的城堡。」「聖救主城確實展現了西班牙的國力，也展現了西班牙人的冒險精神和浪漫情懷！」艾斯奇維神父說：「但我擔心，西班牙在歐洲的戰爭正在進行，荷蘭、法國、英國的實力愈來愈強，西班牙可能因戰敗而走向衰退。」

兩人走過城堡旁邊幾公尺寬的乾溝，若望說：「這是護城溝，人無法跳越過去，為了防範島上馬賽人或華人可能潛入攻擊城堡。」

艾斯奇維神父說：「西班牙人與馬賽人、華人雖然同島生活，畢竟無法互信。」

若望拿出地圖，說明聖救主城規畫的防禦體系，除了主城堡，還有三座堡壘，都配置大小、數量不等的加農砲。

聖安東堡（San Anton）：又稱撤守堡（La retirata），位於全島中央山丘制高點（今龍仔山之頂）。

聖米樣堡（San Millan）：又稱看守堡（La mira），位於全島中北部海岸山頂處，可更近觀察北方海上，以及西方雞籠港（今基隆港），與聖安東堡之間有小路相通。

聖路易士堡（San Luis）：又稱桶方堡（El cubo），位於水道岸邊（今和平橋口）。

若望說：「聖救主城非常堅固，加上三座堡壘，如果兵力彈藥充足，防禦力非常強大。」

艾斯奇維神父則回他：「希望荷蘭人不會來攻城。」

兩人從聖救主城沿著雞籠島南岸往東走，若望說：「聖救主城內和這裡將各建一間小醫院。」

艾斯奇維神父說：「甘波士醫生是很好的人，還會簡單的外科手術，希望他多醫治受傷的馬賽人。」

若望也提及島上挖了兩處水井，一處在聖救主城內，一處在島的東部離水道不遠處（後稱龍目井）。

兩人走過聖救主街，左方是長官官邸，官邸後方是一座有鐘樓的教堂，稱之「諸聖堂」，因為雞籠迫切需要教堂，所以正在加緊趕工中。

若望表示這是聖救主島最大、最重要的教堂。

「這是艾爾摩沙的第一座天主教堂，具有歷史意義。」艾斯奇維神父嘆氣：「城堡象徵殖民，教堂為了傳教，兩者卻是矛盾的。」

「我想到了高母羨神父，他在艾爾摩沙北海岸蒙主恩召。」若望說：「我們去西北方小嶼的山丘上憑弔他！」

從主島到西北方小嶼，未漲潮時可以涉水而過。走上小嶼的山丘，北方是大海，海上有座金字塔型的小嶼（今基隆嶼），西北方遠處可見一個很長、深入海中的岬角（今野柳岬）。

「當年高母羨神父在艾爾摩沙北海岸殉道。」若望指著西北方：「傳說可能在淡水。」

「高母羨神父是遭遇船難，被土著殺害。」艾斯奇維神父說：「但我相信，高母羨神父不會想要我們為他報復。」

西班牙學校

雞籠島上的西班牙學校，暫時設在馬賽人聚落裡的公廳（即後來所稱的社寮，今和一路觀光漁市後方）。這裡本是雞籠馬賽人祭祀、議事、辦活動的場所，波那長老答應借給艾斯奇維神父當臨時教室。

西班牙學校的課程，教導西班牙的語言、文化、宗教，使用與西班牙本土相同的教材，再依殖民地需要修改。西班牙學校的教師，主要是雞籠的神父和修士，若望有空也會來幫忙。

西班牙學校的學生，主要是雞籠及對岸沙灣聚落的馬賽人、華人小孩，共有幾十位，但常來的只有十幾位。

艾斯奇維神父一方面教西班牙語，一方面學馬賽語。除了立志效法高母羡神父編寫漢字（漳州音）的教理書，他要編寫馬賽語的教理書，讓馬賽人能夠直接閱讀聖經的真理。

在課堂上，艾斯奇維神父也簡單講述天主教的教理，主要是「天主」（西班牙語Dios，英語God）的概念。

臺灣原住民族屬於祖靈、泛靈、多神信仰，馬賽語也有「神」（Samiai）一詞，與天主教有相通之處，就看神父如何詮釋。

在西班牙學校，雨蘭有兩位同年齡的同學兼玩伴，一位是福州男孩林天賜，一位日本混血女孩喜子。

福州與雞籠自古就有往來，所以有福州人來雞籠經商，進而定居，形成小聚落。林天賜的父親林向高，他和妻子都信仰佛教，兩人是福州鼓山湧泉寺的信徒，在雞籠的住家供奉觀音菩薩。

喜子的父親是日本京都人，名叫喜左衛門。喜左衛門多年前因船難而滯留雞籠，後來與馬賽女人結婚，生下一男二女，兒子意外亡故，大女兒叫花子，小女兒叫喜子。

艾斯奇維神父獲知雞籠有日本人，就來拜訪喜左衛門，並跟他學習日語。艾斯奇維神父十八歲在道明會的神學院進修時，就聽說很多天主教神父遠赴日本傳教，他非常景仰，也計畫將來前往日本傳教。後來，喜左衛門全家成為雞籠最早受洗的天主教徒。

雨蘭、天賜、喜子常一起上課，雨蘭因有語言天分又特別認真，成為全班聽講西班牙語最好的學生。若望每次來教課，都覺得若蘭的西班牙語愈講愈好，已經可以跟她簡單對話。

雞籠島上的小孩，對西班牙軍人印象不好，覺得他們總是趾高氣揚。不過，若望特別和藹可親，還是西班牙學校的老師，所以小孩都喜歡找他講西班牙語。

雨蘭也會主動找若望講話，有一次下課後，她問若望：「你的名字若望（Juan）是什麼意思？」

若望說：「天主是仁慈的。」

雨蘭問清楚「仁慈」的意思後，想了一下說：「天主是仁慈的，所以信仰天主的人，也必須是仁慈的。」

若望正在想要如何回答，雨蘭聽到有人呼叫她的名字，就趕快跑了過去。

後來，若望跟艾斯奇維神父提起雨蘭說的話，艾斯奇維神父說：「雨蘭說得很好，天主喜歡信祂的人有仁慈的心，而不是祭獻的禮。」

「你不是常說雨蘭是瑪利亞女孩嗎？」艾斯奇維神父跟若望說：「她真的有瑪利亞的氣質，不但純真，也懂得順服。」

奇宛暖

西班牙人的亞洲總部在菲律賓馬尼拉，艾爾摩沙雞籠新設的據點才剛開始發展，所以還要依靠馬尼拉的運補。

馬尼拉本來安排每年春、夏各派一次補給船來雞籠，載來軍餉（西班牙銀幣）、彈藥、醫藥、信件、糧食、衣物等所需物資，以及貿易商品。然而，前兩次的補給船都因風浪等問題而未能抵達。因此，雞籠在將近一年沒有補給之下，已造成物資缺乏。

由於米糧不足，巴爾德斯長官派兵前往雞籠附近的馬賽人聚落尋找、購買米糧。若望想到福州男孩林天賜，就去他家拜訪，詢問他的父親林向高能否幫忙購買米糧？林向高答應回福州找米糧，再運到雞籠。

若望也想到雨蘭，她媽媽的父母住在聖雅各伯聚落（馬賽語Kivanowan，音譯奇宛暖，後來漳泉語稱三貂角），不知道那裡有沒有多餘的米糧？

若望來到雨蘭家，詢問地娜的意見。地娜說奇宛暖有種植稻米，但不是很多，可以去那裡問看看。地娜請雨蘭帶若望去奇宛暖，順便探望外公外婆。

雞籠與奇宛暖的交通，天氣好時可走海路，划船沿著海岸走，幾小時可到。如果天候不佳，就要走陸路，先渡過水道到對岸，再走陸地和山路，需要一天時間。

這天早晨，天氣晴朗，若望決定走海路到奇宛暖。他命令四位士兵跟隨幫忙划船，帶著雨蘭，也邀請艾斯奇維神父，並拜託通譯阿福也一起前往考察。結果行程順利，中午就抵達奇宛暖。

馬賽人並非母系社會，雨蘭叫她的外婆「麻依」（「祖母」的馬賽語Bai），叫她的外公「麻吉」（「祖父」的馬賽語Baki）。大家在奇宛暖上岸，雨蘭就跑到最前面，迫不及待要帶大家去她的麻依、麻吉家裡。

走了一小段路後，看到前方有一間以海邊「硓砧石」（珊瑚礁石灰岩）蓋成的小屋，雨蘭大叫「麻依」、「麻吉」，衝了過去。雨蘭還沒進去屋子，麻依就跑出門來，抱住了她。

雨蘭問：「麻吉呢？」

麻依說：「麻吉一早就去山上打獵，下午才會回來。」

雨蘭向麻依介紹若望一行人，阿福趕快過來翻譯，並跟麻依詢問哪裡可以購買米糧。

「你們餓了吧！」麻依沒有回答問題，馬上去煮了芋頭、野菜、海藻、魚乾，讓大家先吃午餐。

大家吃過後，麻依才說，奇宛暖只有不到十戶人家種稻，稻田也不大，米糧很有限，但可以去每家問看看，或許能夠收集幾袋也好。

下午，大家就跟著麻依去收集米糧，果然沒多少存糧。麻依說：「噶瑪蘭那裡才有很多較大的稻田，但太遠了，也很危險，你們以後再去吧！」

傍晚，麻依帶大家回來家裡，麻吉已經打獵回來了，還獵到一頭山豬。

「太好了！」麻依說：「今天晚餐有豬肉吃了！」

麻吉說：「等一下，還有新鮮的魚喔！」

以火捕魚

天剛黑時，麻吉就準備兩個木筏和一個獨木舟，說要帶大家出海捕魚。

若望表示我們不會補魚！

麻吉說：「跟著我，馬上就會了！」

麻吉自己划獨木舟，安排若望划一個竹筏，艾斯奇維神父划另一個竹筏。大家划到離岸不遠處，麻吉指揮若望和艾斯奇維神父在木筏上共同拉開一張大網，麻吉划獨木舟到大網邊，點燃火炬。

不久，大家就看到成群結隊的魚和鎖管，自動游入網中，不禁大叫起來。若望、艾斯奇維神父沒看過這種利用「趨光性」的捕魚方法，又驚又喜。若望看到魚群愈來愈多，趕快跟麻吉說：「夠了！夠了！漁網裝不下了！」

艾斯奇維神父想到《新約聖經・瑪竇福音》「漁人的漁夫」（得人如得魚）的故事：耶穌召喚四位漁夫跟隨祂，並說要讓他們成為「得人的漁夫」，這四位漁夫後來都成為耶穌的門徒。

「真是巧合啊！」艾斯奇維神父又想到四位漁夫之一的雅各伯，西班牙人就是以「聖雅各伯」為奇宛暖聚落命名啊！

晚上，大家在營火中烤豬、烤魚，麻依還拿出小米酒來招待。吃到一半，雨蘭跟麻依說：「他們沒有酒了！」麻依就叫雨蘭進去屋裡拿酒。

艾斯奇維神父已經學了一些馬賽語，他聽懂雨蘭這句話，隨即想到《新約聖經・若望福音》的記載，聖母瑪利亞跟耶穌講的第一句話就是：「他們沒有酒了。」

艾斯奇維神父馬上跟若望講這件事，若望聽了很驚訝，睜大了眼睛，看到雨蘭正拿著酒從屋子走出來。

第二天清晨，大家上船開始划回雞籠，艾斯奇維神父看到旭日東升照射奇宛暖，非常美麗。他說奇宛暖聚落不算小了，居民也純樸善良，應該建一間小教堂。

淡水

聖救主城米糧不足，巴爾德斯長官根據情報，派兵前往艾爾摩沙北海岸的淡水（西班牙語 Tamchui）尋找、購買米糧，那裡是離雞籠最近、最大的產米區。

自十四世紀晚期以來，琉球向中國大明朝貢，福建與琉球、日本之間的帆船貿易往來熱絡，中文文獻記載的「雞籠」（今基隆和平島）是航海指標，「淡水」則是飲水補給站。

雞籠與淡水的原住民都是馬賽人。淡水馬賽人大都務農為生，雞籠馬賽人則因耕地不足而很少農作，但擅長製作手工藝品及生活器具，或以工匠到各地做修繕、建屋等工作，以換取米糧。

因此，後來艾斯奇維神父說：「淡水馬賽人像一般土著，雞籠馬賽人卻像流浪各地的吉普賽人。」

巴爾德斯長官命令維拉中士帶領二十位士兵前往淡水，並派通譯阿福隨行，希望與淡水馬賽人建立關係，以後可以定期跟他們購買米糧。

維拉中士一行人搭船到達淡水後，在一個叫「林仔」（西班牙語 Senar，清代文獻稱雞柔、圭柔，即俗稱雞油的櫸樹，今淡水還有林仔地名，臺語音 Nâ-á）的馬賽人聚落，先是被接待，後來卻被攻擊，造成維拉中士及七名士兵死亡，阿福也受傷，最後與其他士兵逃回雞籠。

根據阿福報告，他們在休息時，大批馬賽人突然出現，以弓箭攻擊他們，他們雖然以火繩槍反擊，但寡不敵眾，維拉中士等八人被殺，其他的人只好撤退到船上，趕快駛離淡水。

巴爾德斯長官聽了非常憤怒，安德列斯上尉更揚言要親自帶兵去掃蕩。艾斯奇維神父則說：「報復不是解決問題的辦法，我願意前往淡水與馬賽人溝通。」

一六二七年十月，馬尼拉來的補給船「玫瑰聖母號」（Rosario）終於抵達聖救主城，帶來物資、兵源和工人。

因此，安德列斯上尉馬上組成一百多位士官兵的四艘船隊，前往淡水展開報復行動。艾斯奇維神父極力勸阻，但未能改變巴爾德斯長官的決定。

安德列斯上尉的船隊開進淡水河口，戰船就向山丘上的聚落（今淡水紅毛城一帶）開砲，當地馬賽人逃往林仔聚落。安德列斯上尉殺了幾位馬賽人聚落的要人，並下令軍隊進入民宅搜括米糧，搬到船上，運回聖救主城。

若望下士也跟隨船隊前往淡水，他回來後向艾斯奇維神父報告行動始末，他嘆氣說這不是戰爭，而像搶劫！

「報復只會增加仇恨，無法真正解決問題。」艾斯奇維神父說：「《舊約聖經》講以眼還眼，但在《新約聖經》中，耶穌沒有講過報復的話。」

若望問：「我不了解，為什麼淡水馬賽人上次要先攻擊西班牙人？」

「所以需要溝通！」艾斯奇維神父說：「我一定要進入淡水馬賽人的聚落，了解他們的想法。」

第5章 聖多明哥城

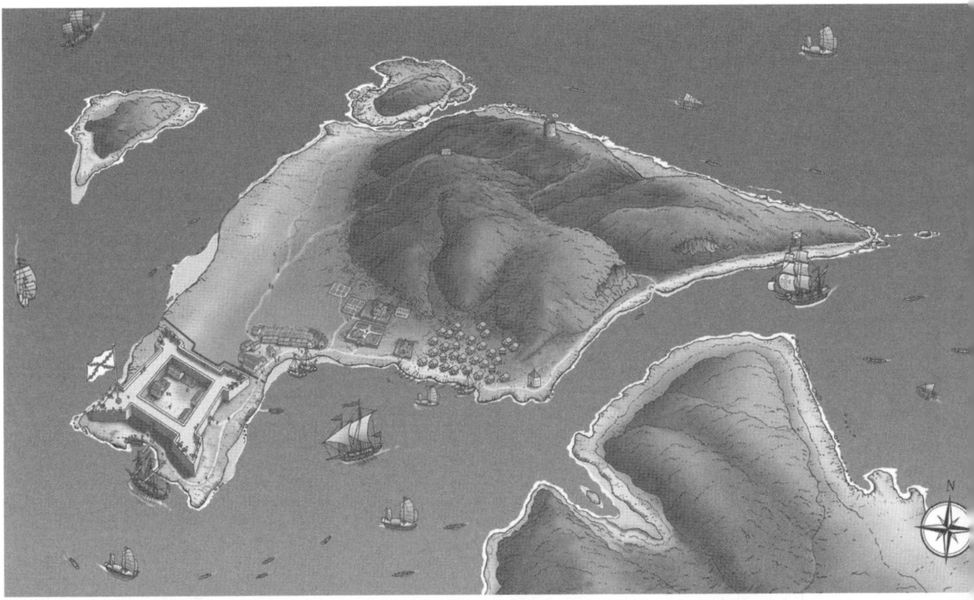

雞籠，一六二八年八月一日

敬愛的保祿神父：

在遙遠的艾爾摩沙，我常想起你，你也一樣常在百合聖母堂前的橄欖樹下沉思嗎？

西班牙人在艾爾摩沙雞籠興建的聖救主城尚未完工，現在又在雞籠附近的淡水興建聖多明哥城，並宣示淡水為西班牙帝國領土，歸屬雞籠的巴爾德斯長官統管。現在西班牙在艾爾摩沙已有兩座城堡，顯示我們對未來發展的信心。

我們占領淡水，在艾爾摩沙多了一個貿易和傳教的據點，主要是因為淡水生產稻米，但淡水比雞籠接近荷蘭人在艾爾摩沙南部的基地，所以要加強戒備。

去年底，因之前維拉中士等八名西班牙軍人在淡水被當地馬賽人殺害，所以巴爾德斯長官下令報復，派安德列斯上尉帶領一百多位士兵的四艘船隊，前往淡水林仔的馬賽人聚落，抓了幾位要人處死，並搶奪很多米糧，當地馬賽人都逃走了。

當時我也是軍事報復行動的一員，坦白說我覺得慚愧，我寧願與武器對等的荷蘭軍人打仗，也不想用火繩槍去射擊因無力抵抗而逃走的土著。

今年，巴爾德斯長官決定要在淡水建城，就派安德列斯上尉帶兵占領淡水，我奉命參與占領任務，我的軍階已升為中士。

這次艾斯奇維神父也一起前往淡水，與當地馬賽人溝通，雙方已經和解，以後西班牙人會用銀幣購買米糧，希望大家和平相處。

淡水地區的馬賽人遠多於雞籠，艾斯奇維神父在考察之後，建議巴爾德斯長官在淡水興建「玫瑰聖母堂」，以莊嚴的教堂和宗教儀式，強化天主教在馬賽人心中的印象和地位，有助於傳教工作。

今年春、夏馬尼拉補給船正常抵達雞籠，所以雞籠開始進行國際貿易了！我看到中國、琉球、日本商人都來了，西班牙銀幣在交易中很受歡迎。巴爾德斯長官說，雞籠必須發揮貿易功能，進而自給自足，否則菲律賓總督塔弗拉將會質疑雞籠據點的價值。

由於雞籠有太多西班牙單身男性，所以巴爾德斯長官提出對策，鼓勵未婚的西班牙軍人與馬賽女人通婚。艾斯奇維神父也建議，讓馬尼拉守寡的西班牙及華、菲混血婦女來雞籠尋找再婚的機會。艾斯奇維神父在所有神父中最為開明，他甚至不反對雞籠出現妓女。

那個馬賽女孩雨蘭，今年八歲了，一年一年長大很多，西班牙語也愈說愈好，還能引用《聖經》的話，所以我真的要相信她是「瑪利亞女孩」了。

魔鬼岬

對艾爾摩沙的西班牙人來說，雞籠是優良海港，但欠缺米糧，而淡水產稻，可補雞籠之不足。因此，巴爾德斯長官與安德列斯上尉兩人很快達成共識：占領淡水，興建城堡。

一六二八年春，在東北季風結束後，巴爾德斯長官即下達命令，派安德列斯上尉帶領一百多位士兵的艦隊占領淡水，並請艾斯奇維神父同行，以安撫淡水林仔聚落的馬賽人。

艾斯奇維神父了解，西班牙兩年前占領雞籠，現在要重演歷史占領淡水。但他很清楚淡水與雞籠的不同，因為西班牙人與淡水馬賽人已發生互相殺人事件，他必須先化解彼此的仇恨。

若望也在占領淡水任務的艦隊中，並與艾斯奇維神父在同一艘船上。若望在軍中表現優異，加上去年底增加來自馬尼拉的兵源，他的軍階已升級為中士。

上午，開往淡水的西班牙艦隊從雞籠出發，不久即經過一個岬角，就是從雞籠看那個很長、深入海中的岬角（即野柳岬），西班牙人在航海圖中已把此一岬角命名「魔鬼岬」（Punta Diablos）。

艾斯奇維神父問若望中士：「這個岬角為何以魔鬼為名？」

若望中士說：「西班牙船經過這個岬角的海域，常會觸礁擱淺，又看到海岸上有很多魔鬼狀的蕈狀岩，有時還遭土著趁船難搶奪財物，故以魔鬼命名。」

「這是不同文明人類相遇的問題，西方航海人發生船難時，有遭土著殺害，但也有被土著善待。」艾斯奇維神父說：「反過來說，西方航海人就沒有發生搶劫、殺害土著的事件嗎？」

若望中士問：「高母羨神父在淡水海域發生船難，被淡水土著殺害的事件，你也是用這個觀點來看嗎？」

艾斯奇維神父看著若望中士的眼睛：「我相信高母羨神父的看法跟我一樣。」

聖多明哥城

下午，西班牙艦隊開到淡水河口，安德列斯上尉帶兵上岸，走到山丘上（今淡水紅毛城處），舉行了占領儀式，並宣布將在此處駐軍，興建「聖多明哥城」（Santo Domingo）。

聖多明哥城依山傍水，俯視淡水河出海口，可監看、砲擊進出淡水河口的船艦，成為西班牙人在艾爾摩沙的第二個據點，但規模遠不如聖救主城，而且計畫只以木材建造。

「為什麼要用木材建城？」若望中士問安德列斯上尉：「淡水和雞籠一樣多雨潮濕，城堡以木材建造不但容易腐朽，而且發生大火就會燒毀。」

「我的看法跟你一樣。」安德列斯上尉說：「或許菲律賓總督、雞籠長官在淡水建城的決心不夠堅定，也可能經費不足吧！」

玫瑰聖母堂

在占領淡水儀式後，艾斯奇維神父由若望中士帶領三十名士兵保護，並請通譯阿福陪同，前往拜訪淡水馬賽人的林仔聚落。

林仔聚落的馬賽人，因去年底看到西班牙軍隊闖入，還殺了族人，所以這次再看到西班牙軍隊來犯，雖然人數較少，還是趕緊逃走了。艾斯奇維神父叫阿福去找他們交涉，告知他們西班牙人這次是來談和，請他們先回來再說。

不久，林仔聚落長老米吉跟著阿福回來。艾斯奇維神父學了一年半馬賽語，已經會講一些社交話，就主動講馬賽語問候米吉長老。米吉長老第一次看到會講馬賽語的西班牙神父，覺得非常親切，加上阿福的翻譯，雙方很快就達成協議。

艾斯奇維神父說：「我們在此建城，但會與你們和平相處，並用西班牙銀幣購買你們的米糧。」

為了讓米吉長老馬上放下心防，艾斯奇維神父向他做了不強迫徵收米糧的承諾，但他在內心跟天主禱告：「願天主彰顯公義，西班牙人不要強迫淡水馬賽人繳交米糧。」

在一旁的若望，忍不住問米吉長老：「我不了解，為什麼上次淡水馬賽人要先攻擊西班牙人？」

米吉長老說：「淡水馬賽人有幾個不同的聚落，林仔聚落內部也有不同的意見，第一次看到帶著武器的西班牙軍人闖入聚落，不同的人和情境，就會有不同的反應。」

米吉長老接著說：「後來你們的報復，讓我們付出更慘痛的代價。」

「我們確實是反應過度了！」艾斯奇維神父當場向米吉長老致歉。

隨後，艾斯奇維神父巡視了淡水所有馬賽人聚落，並打聽到廣大的淡水河流域還有很多務農的馬賽人聚落，他認為這裡是宣傳福音的好地方。

在返回雞籠途中，艾斯奇維神父跟若望說：「淡水需要一座教堂，我還要找淡水馬賽人一起建教堂。」

抵達雞籠後，艾斯奇維神父立刻向巴爾德斯長官建議，在聖多明哥城旁建「玫瑰聖母堂」（Nuestra Señora del Rosario），這座教堂將有助於在淡水地區的傳教工作。

若望問艾斯奇維神父：「為什麼急著在淡水建教堂？」

艾斯奇維神父說：「我們需要莊嚴的教堂和宗教儀式，這樣才能強化天主教在淡水馬賽人心中的印象和地位。」

巴爾德斯長官同意在淡水建教堂後，艾斯奇維神父很高興地說：「將來在天主教的節慶活動中，我們可以抬著玫瑰聖母堂裡的聖母像，前往每一個淡水馬賽人的聚落遊行。」

雞籠貿易與西班牙銀幣

西班牙人來艾爾摩沙的雞籠設立據點，希望在馬尼拉之外再增加與中國和日本貿易和傳教的基地，菲律賓總督塔弗拉（Juan Niño de Tabora）更命令雞籠長官巴爾德斯要招攬華商來雞籠交易。

當時中國對外國的貿易，只開放廣東的澳門、廣州兩個港口，只准許福建人出海貿易，因此有大量福建人前往西班牙人控制的菲律賓（馬尼拉）貿易，也前往荷蘭人控制的福爾摩沙（大灣，今臺南安平）貿易。

日本在十七世紀初期先是實施「禁教」，驅逐西方傳教士，接著實施「海禁」（後稱鎖國），只准荷蘭人、華人前往日本貿易。然而，當時還是有很多日本人在臺灣、澳門、馬尼拉、雅加達之間往來貿易。

西班牙人在一六二六年夏天已占領雞籠，並展開各種建築工事，但初期從馬尼拉來的船運補給並不順利，西班牙人在雞籠缺乏銀幣和商品，所以無法進行貿易，直到後來運補正常才開始在雞籠貿易。

華人和日本人很早就來雞籠交易。雞籠馬賽人與華人本是以物易物，主要以鹿脯、鹿皮（水鹿）、樹藤等艾爾摩沙土產，交換華人的瑪瑙、串珠、銅環、布匹、陶甕、鐵鍋等中國貨物。然後，雞籠馬賽人把取得的中國貨物，轉而與淡水馬賽人、宜蘭噶瑪蘭人等交換土產。

中國的官商也會來雞籠購買硫磺，主要是火藥之用。雞籠的硫磺來自金包里（今金山），由當地馬賽人採集，再運來雞籠販售。

日本人來雞籠貿易，使用日本銀子購買艾爾摩沙北部的水鹿皮，以及華人帶來的中國絲綢、陶瓷、東南亞香料等。另一方面，雞籠馬賽人和華人都喜歡日本人製造的刀子。

西班牙人在美洲採礦取得的金銀，一直支撐西班牙帝國的軍隊及海外擴張。西班牙銀幣在馬尼拉早已大受歡迎，主要用來購買華人的絲綢和瓷器，運回歐洲販售。

西班牙人在雞籠也使用銀幣，向馬賽人購買米、魚、獸肉、木材等生活用品，向華人購買絲綢、瓷器。當華人知道馬賽人可從西班牙人取得銀幣後，就要求馬賽人以後也用銀幣購買中國貨物，因為白銀在中國也是貨幣。

一六二八年夏天，西班牙人首次在雞籠舉行國際貿易，雖然還算成功，但無法與馬尼拉的貿易成績相比，也不如荷蘭人在大灣的貿易成績。

巴爾德斯長官在內部會議坦承：「如果馬尼拉的補給船不能穩定又準時地把西班牙銀幣及貨物運來雞籠，雞籠的貿易就會產生風險而無以為繼，減少華人與日本人再來的意願。」

野花與國王衣裳

西班牙人首次在雞籠舉行國際貿易期間，雨蘭的媽媽地娜也做了貝飾等手工藝品，在賣場販售。

那天，若望奉命來賣場維持秩序，遠遠看見雨蘭手上捧著一束野花，正要走過來。若望想了一下，趕緊從口袋拿出西班牙銀幣，跟華人購買了一些染布。

「雨蘭！雨蘭！」若望一邊揮手，一邊呼喚。

雨蘭聽到若望叫她，就先跑了過來。

若望跟雨蘭說：「這些布給妳，還有給地娜、麻依、麻吉。」

「謝謝！」雨蘭向若望道謝。她接過了布，順手把手上剛採來的一把野花，送給若望。

此時，地娜聽到有人叫雨蘭，也走了過來，雨蘭就把手上的布交給地娜，說是若望送的。

地娜向若望道謝，但跟若望說：「請你以後不要在公共場合大聲叫雨蘭，不然大家會以為下雨了！」

若望不懂，就問雨蘭：「為什麼我叫妳的名字，大家會以為下雨了？」

雨蘭向若望解釋，若望聽了大笑！原來，馬賽語 Ulan 是名詞「雨」，也是動詞「下雨」。

若望跟雨蘭說：「我給妳的布，可以做一件美麗的衣裳。」

「謝謝你！我突然想起艾斯奇維神父教我《聖經》裡的一句話。」

若望好奇地問：「聖經的什麼話？」

「國王穿的衣裳，也不如一朵野花好看。」

若望聽到雨蘭引用聖經的名言，又看到他手上拿著雨蘭送的野花，心想：「果然是瑪利亞女孩，真聰明啊！」

若望一時楞住，不知道要說什麼？雨蘭和地娜準備離開，他舉手揮別，卻忘了說再見。

異族通婚

對西班牙軍人來說，駐守艾爾摩沙的雞籠，這是相隔兩個大洋、一個大陸之外，海上孤懸之島的離島，離家鄉都不知道有多遠了。

這些西班牙的年輕人，從陽光的國度來到多雨的異鄉，不少人因水土不服死了，活著的人雖然適應了環境，卻有思鄉的煩惱，還有性慾的需求。

對殖民帝國來說，軍人的鄉愁和性慾，一定有解決的辦法。果然，巴爾德斯長官宣布通婚政策，鼓勵未婚的西班牙軍人與馬賽女人結婚，還安排一區房舍給新婚家庭居住。

針對通婚的問題，艾斯奇維神父也提出建議：雞籠有很多單身的西班牙男性，而馬尼拉有過多守寡的西班牙及華、菲混血婦女，為什麼不讓她們來雞籠尋找再婚的機會？也可解救這裡單身男性的靈魂？

巴爾德斯長官鼓勵通婚的政策，確實助長了雞籠的異族婚姻。日本人喜左衛門與馬賽女人所生的大女兒花子，本來與西班牙海軍中士荷西熱戀中，因為得到長官和神父的鼓勵，兩人決定結婚，成為通婚政策的第一對新人。

荷西、花子的婚禮，安排在諸聖堂舉行，由艾斯奇維神父主持婚禮彌撒，巴爾德斯長官也到場觀禮。荷西穿著西班牙軍裝，花子穿著馬賽傳統服裝，三個花童是花子的妹妹喜子，以及喜子的玩伴雨蘭、天賜。

婚宴在諸聖堂的戶外廣場舉行，主菜是西班牙海鮮燉飯（Paella），使用淡水的米，雞籠的魚、蝦、蟹、鎖管，賓客分享了難得一見的美食。

若望第一次看到雨蘭穿著洋裝，這是艾斯奇維神父特別幫她找來的，非常好看。若望看著雨蘭，心想：「瑪利亞女孩八歲了，真是純真又可愛啊！」

妓院

若望今年二十一歲，在雞籠算是非常年輕的西班牙軍人，他當然也有性慾的需求，但他總想：「我應該自我克制！」

有一次，若望私下問艾斯奇維神父：「虔誠的天主教信徒，是否應該壓抑性慾？」

「神父禁慾不婚，這是獻身天主的決心和承諾。」艾斯奇維神父說：「一般的信徒，就順其自然吧！」

若望說：「我聽說雞籠出現妓女了！我們的官員會管制嗎？」

「如果馬尼拉有妓女，雞籠有妓女又如何？」艾斯奇維神父說：「不過雞籠島太小，教堂很大，神父很多，還有不少官員，妓院會太顯眼，如果妓院開在雞籠對岸的沙灣聚落，那就好多了。」

「哈哈！你真是我見過最開明的神父！」

「我同情妓女！」艾斯奇維神父說：「妓女大都是可憐的女人，尤其在謀生不易的地方。」

「是的！我在雞籠就看到很多可憐的女人。」若望同情地說：「雨蘭的媽媽也很辛苦，年輕就守寡了。」

「耶穌沒有定妓女的罪！」艾斯奇維神父引用《新約聖經》的話：「你們中間誰沒有罪，就向妓女投石吧！」

第6章
雞籠的漳州人與福州人

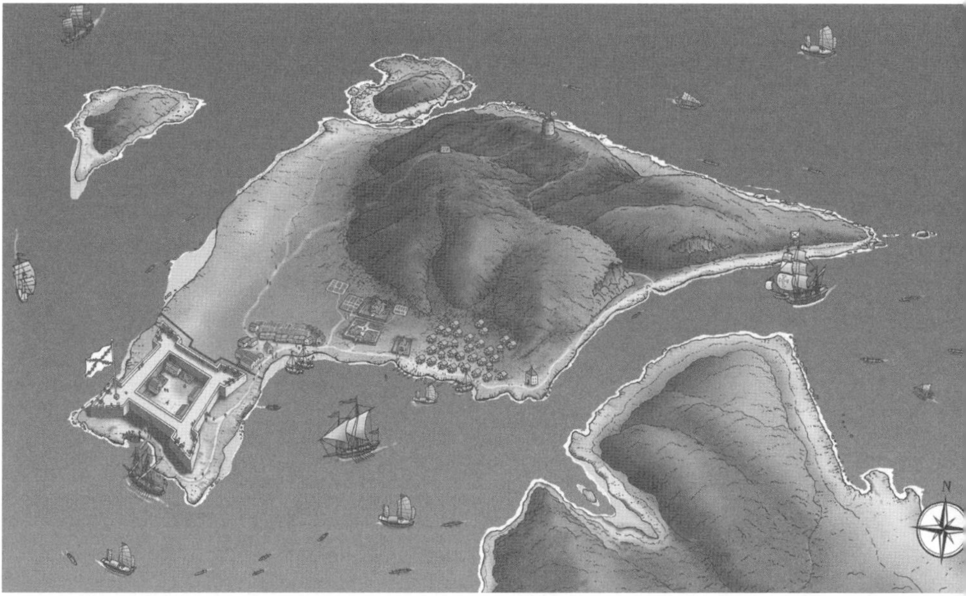

雞籠，一六二九年十二月二十日

敬愛的保祿神父：

你在信中提到你在講道時特別祝福艾爾摩沙的「瑪利亞女孩」，我覺得非常欣慰。

我離開西班牙四年，來到艾爾摩沙、駐守雞籠也已經三年多了。我會思念故鄉，但我知道我的人生功課還要學習，天主給我的使命也尚未完成，所以我還不能回家。

幸好，天主賜我恩寵與平安！我在雞籠跟在西班牙一樣都能看到藍色的海洋，雞籠也有雖小而美麗的教堂，還有一位純真又可愛的「瑪利亞女孩」，足以安慰我的靈魂。

菲律賓總督派任的雞籠長官巴爾德斯，今年改由阿爾卡拉索接任。我們去年占領淡水，並開始興建聖多明哥城，因為淡水比雞籠接近荷蘭人在艾爾摩沙南部的基地，果然引起荷蘭人的不安。今年，荷蘭派遣艦隊北上，前來淡水偵查，結果被我們的淡水守軍擊退，西班牙打了一場小勝仗！

馬尼拉有很多華人聚落，主要是福建漳州人，我最近才知道，在雞籠附近的雞籠港也有一個漳州人的聚落叫「崁仔頂」。艾斯奇維神父和我前往拜訪，發現那裡也有天主教徒，所以準備蓋一間以「聖若瑟」為名的小教堂，還有一間以「慈濟院」為名的小醫院。

雞籠港的漳州人，在聚落附近的河邊製造建材用的石灰，他們把蚵殼集中在此燒成蚵灰，所以地名叫「蚵殼港」。蚵灰可以用小船運到雞籠，供我們建築使用。

雞籠的冬天，因東北季風而天氣濕冷，這是西班牙人和菲律賓人很難忍受的季節。幸好雞籠有一家林姓的福州人，邀請艾斯奇維神父和我去家裡喝酒，招待我們吃海鰻、喝米酒。那種紅色的糯米酒，看起來很像歐洲人喝的葡萄酒。

林家信仰佛教，奉祀的觀音菩薩，在中國佛教是聞聲救苦的女神。我在林家看到一尊觀音抱著男嬰的雕像，很像我們天主教的聖母聖嬰雕像。

聖誕節快到了，耶穌的誕生是天主賜給人類舉世無比的禮物。

以聖吻請安

若望

荷蘭艦隊偵查淡水

一六二八年，西班牙人在淡水開始興建聖多明哥城，在艾爾摩沙多了一個貿易和傳教的據點。然而，由於淡水比雞籠接近荷蘭人在艾爾摩沙南部的基地大灣，所以引起荷蘭人的不安。

荷蘭福爾摩沙長官彼得納茨（Pieter Nuyts）認為，西班牙人占領淡水，將阻礙荷蘭與中國的貿易，損害荷蘭在福爾摩沙的利益。因此，彼得納茨長官建議荷蘭在印尼雅加達的總部馬上派兵，以大軍驅逐淡水的西班牙人，但未獲總部同意。

一六二九年八月，彼得納茨長官派遣「盾堡號」（Domburch）快艇、中國帆船組成的艦隊，從大灣北上，前往偵察西班牙人在淡水、雞籠的據點。

不過，荷蘭艦隊抵達淡水河口後，就遭到西班牙守軍攻擊，包括岸邊戰船（槳帆船）、海灘砲臺、聖多明哥城堡三處的猛烈砲火，結果中國帆船被擊中，造成一死三傷，盾堡號也受損，只好趕緊撤退返回大灣。

西班牙軍隊在新任雞籠長官阿爾卡拉索（Juan de Alcarazo）的指揮下，擊退荷蘭艦隊。這是自一六二四年荷蘭人占領南臺灣、一六二六年西班牙人占領北臺灣以來，雙方在臺灣首次發生軍事衝突。由於荷蘭艦隊無功而返，所以西班牙人自認贏得勝利。

當時，艾斯奇維神父正在淡水監督興建聖多明哥城、玫瑰聖母堂，若望中士也駐守淡水。這是若望自從軍以來，第一次親眼看見荷蘭船艦，以及船艦桅杆頂端懸掛由上至下紅、白、藍三條水平色帶的荷蘭國旗。

十七世紀初，西班牙、荷蘭是世界兩大海權強國，西班牙還在黃金時代，但荷蘭已緊追在後。當時，兩國之間在多方面敵對，包括荷蘭脫離西班牙的獨立戰爭，荷蘭人信奉基督教（新教）與西班牙人信奉天主教（舊教）的宗教戰爭，以及在海外的殖民、貿易戰爭，戰場從歐洲延伸到亞洲，以至於臺灣。

那天，若望問艾斯奇維神父：「荷蘭人與西班牙人信奉同一位天主（神），天主怎麼看荷蘭與西班牙的戰爭？」

艾斯奇維神父說：「我們的天主是公義的天主，爭權奪利的戰爭沒有公義可言。」

「那麼天主會站在哪一邊？」

「我不知道，但身為天主的子民，應該選擇站在天主這邊。」

崁仔頂

在十六世紀明代的中國，福建南部九龍江出海口南岸海澄（月港）一帶的漳州人，開始大量出海前往東南亞經商並定居，他們在菲律賓馬尼拉自稱「生理人」（漳泉語 sing-lí-lâng），他們的聚落則被菲律賓人稱為「八連」（菲律賓語 Parian）。

同一時期，漳州人也出海前來臺灣。根據一六〇〇年的明代海防圖（橫軸），臺灣北端有三處地名：「雞籠」、「雞籠港」（今基隆港）、「淡水」（今淡水）。當時漳州人在雞籠港定居的小聚落，稱之「崁仔頂」（今基隆市仁愛區孝一路崁仔頂漁市一帶）。

崁（坎）仔頂地名的由來，據說當年商船或漁船在此靠岸，岸邊有「坎仔」（臺語音 khám-á，即石階），必須把貨物搬到石階上的街道，所以稱之位於「坎仔」頂上的街道。

那天，艾斯奇維神父與通譯阿福聊天，才知道雞籠港邊也有像馬尼拉「八連」一樣的華人聚落，就請若望中士帶兵陪同，由阿福領路，前往參訪崁仔頂。

十七世紀的雞籠港，港內有很多小嶼、礁石，只有小船能夠進入。艾斯奇維神父一行五人上了竹筏，由兩位士兵負責划船，從雞籠划入雞籠港，約二十分鐘就到達崁仔頂了。

崁仔頂聚落的頭人陳正賢出來接待，帶領艾斯奇維神父等人參觀聚落。這裡的漳州人愈來愈多，除了捕魚，也與馬賽人交易，並往來福建、馬尼拉經商。

陳正賢提及他的家族有人在漳州，有人在大灣，有人在馬尼拉，甚至有人在巴達維亞（雅加達）。他說：「這樣自己人做生意很方便。」

談到崁仔頂聚落的宗教信仰，陳正賢提及他和多數人信奉家鄉的「開漳聖王」，另外也有人信奉觀音、媽祖，以及幾位天主教徒。艾斯奇維神父聽說這裡有天主教徒，非常高興，特別前往這些信徒家裡，為他們祝福。

若望在天主教徒家中，看到高母羨神父以漢字（漳州音）寫的著作《基督要理》、《無極天主正教真傳實錄》，就指著書跟艾斯奇維神父說：「高母羨神父雖已蒙主寵召，但他在菲律賓寫的書，竟然幫他在艾爾摩沙宣傳福音。」

若望知道，艾斯奇維神父來雞籠後，一直在努力學馬賽語，現在為了向人數眾多的淡水馬賽人傳教，已在編寫《淡水語辭彙》、《淡水語教理書》兩本書。

「崁仔頂應該要建一間小教堂。」艾斯奇維神父對信徒說：「我先取名叫聖若瑟堂。」

「我們終於會有一間教堂可以做彌撒了！」信徒們聽了都很高興。一位信徒說：「請艾斯奇維神父常來這裡講道。」

艾斯奇維神父說：「崁仔頂也需要一間小醫院，就叫慈濟院。」

「我們也會有病厝了！」信徒們都大聲歡呼。當時馬尼拉漳州人稱西班牙人的小醫院為「病厝」，提供簡單外科手術及止痛藥物。

高麗

若望看到信徒家裡後面有一塊空地，種植圓形的蔬菜，覺得很面熟，就問：「這種蔬菜是Col嗎？」

「是的！」一位信徒說：「我們漳州人跟著西班牙人的發音叫ko-lê。」

這種蔬菜原產於歐洲，在十七世紀前後由西班牙人、荷蘭人帶到東南亞及臺灣，西班牙語叫Col，荷蘭語叫Kool，東南亞的福建漳泉人直接音譯ko-lê，後來寫成「高麗」。

與ko-lê的音相比，荷蘭語Kool的l音不明顯，但西班牙語Col的l音'ele，所以Col念起來很接近ko-lê。

艾斯奇維神父問：「歐洲的Col，在這裡長得好嗎？」

一位信徒說：「高麗在這裡長得比菲律賓、印尼好，那裡太熱了。」

另一位信徒說：「我把高麗種在附近的山上，山上較冷，高麗長得較好。」

「太好了！」艾斯奇維神父說：「以後我如果想吃Col，就來找你們。」

若望也同意：「希望你們多種Col，可以賣給我們。」

蚵殼港

艾斯奇維神父跟大家談得很愉快，此時正好有漁船回來，陳正賢就請艾斯奇維神父等人留下來用餐，享用最新鮮的海產。

在豐盛的海產中，有一種雞籠港盛產、長得像螃蟹的「鱟」，腹中有子非常鮮美。

陳正賢說：「鱟不但好吃，鱟的殼很硬可以做舀水的杓子。」

捕鱟的漁民說：「鱟都是一公一母同行，所以一次可捉到兩隻。」

「雞籠港內有兩個小嶼，你們知道叫什麼名字嗎？」陳正賢說：「一個叫鱟公，一個叫鱟母。」

看到海產中有鮮蚵，若望說：「這裡的海產真是豐盛啊！」

「啊！忘了跟你們說。」陳正賢說：「我們漳州人也在附近的河邊燒蚵灰。」

蚵灰是早年的建材，調合糖水、糯米水，可以黏合磚塊或海邊的硓𥑮石，用來砌牆或蓋房子。

「蚵灰是重要的建材，雞籠、淡水建城堡、教堂都需要石灰。」艾斯奇維神父問：「我們可以去看看嗎？」

「我們可以划船過去！」陳正賢帶著大家上船，從雞籠港划進一條河流，來到一個堆滿蚵殼的地方，幾個人正在燒蚵灰。

「太好了！我們以後就來這裡買石灰。」若望說：「蚵灰可以從這條河流運到雞籠港，再運到雞籠。」

陳正賢介紹，這條在河邊燒蚵灰的河流，這裡的漳州人稱為「蚵殼港」。

雞籠

艾斯奇維神父表示漳州人在這裡取了很多地名。

陳正賢說：「是的，雞籠這個地名，最早也是漳州人命名。」

「雞籠這個島的名子，我們西班牙人跟著叫 Quelang。」艾斯奇維神父說：「聽說是雞的籠子，但我一直不明白。」

若望問：「我也很想知道，雞籠地名跟雞的籠子有什麼關係？」

「我來跟你們說！」陳正賢帶大家回到崁仔頂，找一戶養雞的人家，看到一種竹編圓錐形的大籠子。

若望問：「這是關雞的籠子？」

陳正賢說：「這種圓錐形的籠子，但頂端是平的，這裡是抓雞的出入口。」

艾斯奇維神父問：「如何解釋雞籠島像雞的籠子？」

「我帶你們去看！」陳正賢請大家上他的大竹筏，從雞籠港划向外海。

大竹筏快到雞籠港外時，右方就是雞籠島，還能看到島上的聖救主城。不久，大竹筏已到外海，陳正賢指揮向右轉，在經過雞籠島的北海岸，從大竹筏上看雞籠島西北方小嶼的第一座山丘，果然就像一個大雞籠。

若望和艾斯奇維神父異口同聲說：「這座山丘看起來真的很像雞籠！」

自十五世紀開始興盛的東亞海洋貿易，從福建前往琉球、日本的航線，帆船從東海轉向臺灣北方海域時，所看到的第一個小島（今和平島西北部的中山仔），小島上的第一座山丘，因外形很像雞的籠子，福建航海人（漳州人）就以「雞籠」命名，成為很重要的航海指標。

陳正賢指揮大竹筏划過雞籠北海岸，再向右轉，進入雞籠南岸水道（八尺門水道），來到雞籠港，返回崁仔頂。

大家跟陳正賢告別，艾斯奇維神父為陳正賢祝福，跟他說：「我們信仰不同的宗教，但你也是天主的子民。」

雞籠的福州人

西班牙人來到雞籠時，島上已有福州商人的小聚落，只約七、八戶人家，因位於聖救主城旁，所以西班牙人命名「聖救主街」，即後來所稱的「福州街」。

雞籠的福州人，除了往來雞籠、福州兩地經商，也在自家後院種植蔬菜，並且飼養從福州帶來的雞、豬，有時雞、豬會跑到街道上。

「雨蘭！進來一下！」雨蘭每次經過這條福州人的街道，她的玩伴福州男孩林天賜常會出來跟她招手，叫她進來家裡。

然後，林天賜的爸爸或媽媽就會拿一些醃漬的海產給雨蘭，跟雨蘭說：「拿回家給妳媽媽！」

福州人醃漬的海產，有一種稱為「膎」，就是用鹽醃生的小魚、小蝦等海產，經過發酵後，可直接生吃，鹹香下飯。鹽漬的鹹汁稱為「膎汁」，可以用來烹煮魚、肉、蔬菜。

另一種稱為「紅糟鰻」，就是用紅糟醃生的海鰻，可以烤、炸來吃，這是福州名菜。福州人常做紅麴酒，過濾的渣滓就是紅糟，可用來調味、增色，或醃魚和肉，使其顏色變紅且散發酒香。

雨蘭的媽媽地娜也會回報，把她種的芋頭，下海採的海藻，請雨蘭拿去送給林家。

林向高夫婦信仰佛教，平時吃葷，農曆初一、十五茹素。林天賜是林向高夫婦的獨生子，在雞籠出生長大，除了懂福州話，也能講流利的馬賽語，常跟雨蘭等馬賽小孩玩在一起。

今年冬天很冷，雨又下不停，天氣濕冷，林向高夫婦決定邀請幾位好朋友來家裡喝福州紅麴酒驅寒，就叫天賜去找雨蘭和地娜，並邀請若望和艾斯奇維神父。

餐宴非常豐盛，主食是米飯和芋頭，配菜有紅糟鰻、炒海藻、豬肉羹、赤鯮魚湯、鯊魚丸湯等。林向高說：「福州菜很多羹湯，多喝熱湯就不怕冷了。」

若望和艾斯奇維神父第一次吃紅糟鰻，醃成鮮紅色的魚肉，入口滑嫩又散發酒香，兩人都覺得很特別而好吃。地娜說：「海裡的鰻魚非常凶猛，吃了會有力氣。」

大家一邊吃菜，一邊喝紅麴酒。若望和艾斯奇維神父第一次喝紅色的米酒，非常好奇，就問林向高夫婦怎麼做的？

林向高解釋：有一種紅色的麴菌，泡水之後，放入蒸熟的糯米，經過攪拌、釀造，最後再過濾即成。

若望聽了似懂非懂，他說：「這種米酒的顏色太紅了，比歐洲人喝的葡萄酒還紅！」

天主教彌撒的「聖體聖事」（聖餐禮），都會準備無酵餅與葡萄酒，由神父祝聖後給信徒食用。艾斯奇維神父說：「我們在雞籠做彌撒，如果沒有葡萄酒，或許可以用紅麴酒代替。」

雨蘭還未受洗，但在諸聖堂看過做彌撒的信徒吃餅喝酒，她問：「為什麼要喝紅色的酒？」

「紅色的酒代表耶穌的血，白色的餅代表耶穌的肉。」艾斯奇維神父說：「我們吃下後，就代表耶穌的生命在我們的身體裡面了。」

若望接著說：「這樣我們就可以脫離罪惡，變成一個新的人。」

「我懂了！」雨蘭說：「原來我們真的可以變成一個全新的人。」

送子觀音

若望知道林家信仰佛教，但看到林家有一尊女神抱著男嬰的雕像，很像天主教的聖母聖嬰雕像，感到好奇，就問了林向高。

林向高雖然知道佛、菩薩的概念與西方的天主（神，上帝）不同，但他還是簡單地說：「我奉祀觀音菩薩，觀音菩薩在中國、日本可說是家喻戶曉的女神。」

林向高的妻子補充說：「觀音菩薩聞聲救苦，她以不同的化身，幫助不同的人。」

艾斯奇維神父說：「以此來看，觀音菩薩很像天主教的聖母瑪利亞。」

若望說：「觀音和聖母都是女性，像媽媽一樣照顧信徒。」

雨蘭問：「聖母瑪利亞抱的男嬰是耶穌，觀音菩薩抱的男嬰是誰？」

「這是觀音菩薩的化身之一，叫做抱子觀音。」林向高說：「因為有的夫妻想要生孩子，向觀音祈求，觀音就抱孩子賜給他們。」

原來，林向高夫婦結婚後，從福州搬來雞籠，希望有個孩子，卻一直未能如願，所以他們就回福州鼓山湧泉寺，請來一尊抱子觀音像，供奉在家裡的神桌上。

林向高的妻子笑著說：「一年後，我就生下了天賜。」

天賜突然大聲跟雨蘭說：「原來這尊觀音菩薩抱的男嬰就是我！」

大家聽了都哈哈大笑。

第7章

雞籠的菲律賓人

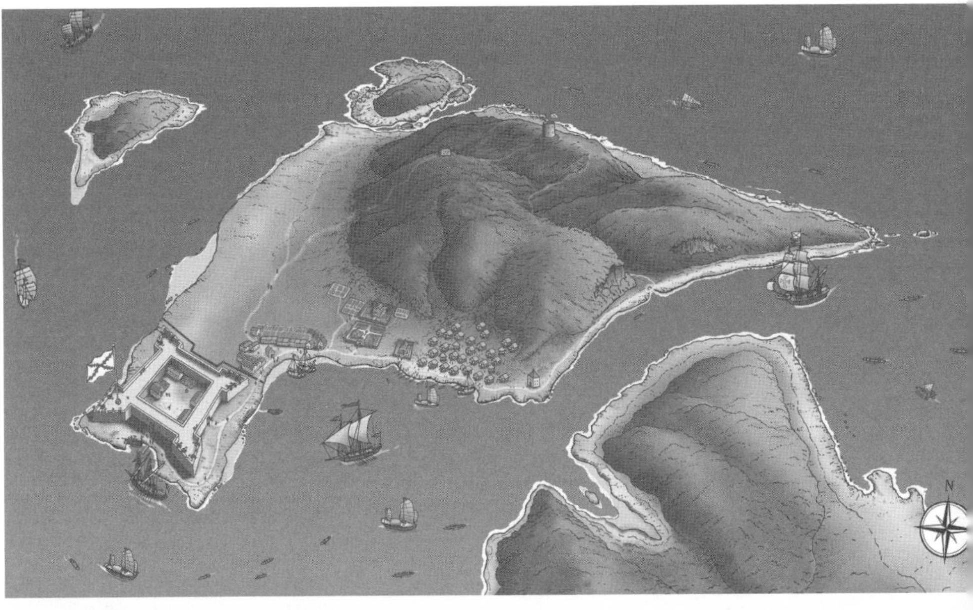

雞籠，一六三〇年九月一日

敬愛的保祿神父：

菲律賓以西班牙國王腓力二世之名命名，但菲律賓人何其不幸？西班牙人來到艾爾摩沙之後，在對待殖民地的政策上，雖然比在美洲、菲律賓有所改善，但仍有很多地方違背天主的公義和仁愛，我在雞籠就看到菲律賓人悲慘的處境。

西班牙目前在艾爾摩沙有雞籠、淡水兩個據點，還計畫探查其他地區，需要大量人力，有很多是靠菲律賓人，他們大都來自菲律賓最大的呂宋島，有些是士兵，有些是工人，還有少數犯人，總共有兩百多人，人數與西班牙人相當。

現在雞籠和淡水有很多建築工事，菲律賓人承擔很重的勞力工作。雖然他們與西班牙政府和軍隊簽訂契約，但未必能得到合情合理的對待，有人甚至遭到虐待。這兩三年來，雞籠已發生多次菲律賓人逃亡事件。

艾斯奇維神父同情雞籠的菲律賓勞工，他主張讓他們返鄉，改招募華人勞工，因為華人來艾爾摩沙比較近，也可向華人傳教。他也建議從馬尼拉引進馬匹，以提供更多勞力。不過，菲律賓總督和雞籠長官並未採納他的意見。

我也同情可憐的菲律賓人，希望他們能夠返鄉。其實，他們就算逃離雞籠、淡水，潛入艾爾摩沙的山區，也能融入土著的聚落，因為彼此有相近的語言和文化，總好過死在西班牙人手裡。

雞籠有兩間小醫院，由甘波士醫生和他的助理負責，其中有一間也接受馬賽人、華人的病患。甘波士是很有愛心的醫生，馬賽人對他的尊敬不下於艾斯奇維神父。我常覺得，西班牙人真正幫助到土著的地方，除了帶給他們耶穌的福音，似乎就只有治療他們的病痛了。

艾爾摩沙天氣潮濕，雞籠冬天濕冷，夏天也是濕熱，幸好海水很清很涼。雨蘭在海邊出生長大，她很會游泳、潛水，像海中的小美人魚。

雞籠海邊有兩種常見的海蟹，有一種蟹的背殼上有花紋，經雨蘭指出竟然像十字架；另一種蟹的背殼上有三個大斑點，也是被雨蘭說成三位一體。我說雨蘭是「瑪利亞女孩」，你看不錯吧！

我跟雨蘭說，我西班牙故鄉的保祿神父也常為她祝福，她聽了很高興。

以聖吻請安

若望

逃亡的菲律賓人

雞籠對岸沙灣聚落的後山，若望中士正在搜索一位從雞籠逃走的菲律賓工人奇諾（Chino），他從菲律賓來雞籠做工已經四年半了。

若望認識奇諾，一六二六年五月西班牙遠征艦隊從菲律賓來雞籠，奇諾就在「槳帆船」（Galera）上擔任划槳手，然後他就留在雞籠，從事各種建築工作。

若望跟奇諾談過幾次話，奇諾也信仰天主教，他的家鄉在呂宋島東北部卡加煙省（Cagayan）的港口阿帕里（Aparri），家裡有妻子和三個孩子。

當時，在雞籠的菲律賓人有三種身分：士兵、工人、罪犯。菲律賓士兵、工人雖然跟西班牙政府或軍隊簽訂契約，但未必能夠得到公平公正的對待。菲律賓人如果違約，或是與西班牙人發生衝突，也常無法得到合情合理的解決。

艾斯奇維神父了解菲律賓勞工的處境，曾向雞籠長官提出建議，主張遣回菲律賓勞工，改為招募華人勞工，因為招募華人比較快，華人從福建來艾爾摩沙也比較近，並可藉此機會對華人勞工宣傳福音。

艾斯奇維神父也希望從馬尼拉引進馬匹來艾爾摩沙，並且進行繁殖，以減輕長期缺工的問題。

艾斯奇維神父在寫給菲律賓主教的報告書中說：雞籠的菲律賓人跟西班牙人一樣會有水土不服的情形，有人因而生病死亡。菲律賓勞工還有勞務過重甚至被當成奴隸虐待的問題，加上想念故鄉親人卻無法回家的痛苦，所以才會經常發生逃亡事件。

根據雞籠西班牙官方調查：有六位菲律賓人搭船逃離雞籠，想回去菲律賓，結果卻到了荷蘭人統治的大灣。有十七位菲律賓人搶奪雞籠華人的船，逃到了菲律賓北部的巴布延群島。另有數位菲律賓人躲到艾爾摩沙北部的山區，可能融入土著的聚落。

若望也曾跟艾斯奇維神父談到菲律賓勞工的處境，艾斯奇維神父說：「西班牙人在雞籠重演在美洲的歷史，美洲印第安勞工人力不足，西班牙人就輸入非洲黑奴。」

「逃亡的菲律賓人不只勞工。」若望說：「有一名菲律賓士兵帶著盔甲、長矛逃離雞籠，跑到雞籠對岸的山區，結果被抓回來，最後以絞刑處死。」

艾斯奇維神父說：「我寧願看到這位菲律賓士兵成功逃離雞籠，他就算住在艾爾摩沙山區的土著聚落，也可以活得很好。」

協助返鄉

那天，若望中士奉命帶一名隨從士兵，前往雞籠對岸沙灣聚落後方的山區，搜索可能逃亡到這裡的奇諾。

由於山上有叉路，若望中士下令兵分兩路，各自搜查之後再回來會合。不久，若望中士在一個山洞中找到奇諾。

奇諾已在山洞躲藏兩天，所帶的食物早就吃完，他一看到若望中士出現洞口，就垂頭喪氣地走出來說：「我跟你走吧！」

若望中士問奇諾：「為什麼要逃走？」

「我很想家，聽說妻子和孩子過得很苦。」奇諾說著就哭了。

若望中士再問：「你想逃回菲律賓？」

奇諾說：「我知道我很難回去菲律賓，但我要先逃出雞籠才有機會。」

若望中士看了於心不忍，就叫奇諾繼續躲在山洞裡禱告，暫時不要出來，並說他會找人送食物來。

若望中士與隨從士兵會合，雙方都說沒找到人，兩人只好回雞籠向官員報告。

隨後，若望前往雨蘭的家，拜託地娜送食物到山洞給奇諾，但千萬不能讓人看到。地娜馬上準備了食物，帶著雨蘭到了沙灣聚落，假裝上山採集野菜，把食物拿給了奇諾。

雨蘭看到奇諾可憐，就走過去跟他說：「我會祈求聖母保護你！」

若望也找艾斯奇維神父討論此事，告知奇諾的處境，並說奇諾也是天主教徒，現在正躲在山洞裡禱告。

「你是軍人，不要違抗上級。」艾斯奇維神父跟若望說：「我的上級是天主，天主要求公義與仁愛，這件事交給我辦就好。」

艾斯奇維神父在禱告後，展開他的祕密計畫。第二天一早，艾斯奇維神父前來山洞找到奇諾，再暗中把奇諾帶到雞籠港的崁仔頂聚落，請那裡的華人天主教徒幫忙，設法把奇諾送回菲律賓家鄉。

崁仔頂聚落頭人陳正賢聽到艾斯奇維神父來訪，也過來討論此事，並詢問奇諾在菲律賓的住處。

「奇諾的家鄉在阿帕里，那個地方我們漳州人叫大港。」陳正賢說：「大港在呂宋島北海岸，我們的船最近就要去馬尼拉，可以安排經過大港。」

艾斯奇維神父請奇諾相信陳正賢，暫時住在這裡，等候安排，並祝他返鄉順利。

「謝謝大家！」奇諾紅著眼眶說：「聖母聽到我的禱告了。」

甘波士醫生

在雞籠及對岸的沙灣聚落，相對於馬賽人的巫醫、華人的漢醫，西班牙的甘波士醫生會簡單的外科手術，而且他總是笑臉迎人，所以很受馬賽人敬愛。

在十七世紀，西班牙已有醫學院培養的內科醫師，但還沒有現代的外科醫師。甘波士不是醫學院出身的醫師，只能說是「醫生」、「外科醫生」，他除了提供內服的止痛等藥物，還會以藥水、藥膏處理外傷、消除膿腫，尤其讓漢醫自嘆不如的外科手術。

在雞籠，聖救主城的城內和城外各有一間小醫院，這種小醫院在馬尼拉的華人稱之「病厝」，由甘波士醫生和他助理負責。

艾斯奇維神父特別向甘波士醫生請託，請他一定要善待馬賽人。「西班牙人虧欠馬賽人太多，請你多為他們治病。」

「這是應該的！」甘波士醫生說：「他們也是天主的子民。」

那天，一位馬賽人父親帶著小孩來找甘波士醫生，他的小孩不知被什麼蟲子咬到，右手臂紅腫、發膿，一直喊疼。

甘波士醫生拿出手術刀，割開小孩手臂上紅腫的傷口，讓膿流出來，再以消毒藥水洗淨，敷上消炎藥膏，用紗布綁好。

聽到小孩說不痛了，馬賽人父親非常高興，稱讚甘波士醫生醫術高明。

「我們的巫醫也很厲害！」馬賽人父親跟甘波士醫生說：「她念完咒語後，就叫我帶孩子來找你。」

截肢手術

有一天，一位年長的福州人被扶著來找甘波士醫生，他的左腳無法走路，腳底、腳背發黑，顯然肌肉已經壞死。

「左腳的腳掌無法醫治了，必須切除！」甘波士醫生跟他說：「如果不切除，最後整隻腳都會壞死。」

那位福州人聽到「切除」，十分害怕，雖然是漢醫叫他來找甘波士醫生，但要他完全相信不認識的西班牙醫生，也不是容易的事。

「你這種病吃藥沒效，必須開刀！」甘波士醫生安撫他說：「請你忍痛一下，我經常幫人開刀，很快就好了。」

當時還沒有麻醉技術，甘波士醫生只能用止痛藥，並請病人忍耐。果然，甘波士醫生經驗豐富，很快完成切除手術，減少了病人的緊張和痛苦。

「感恩！感恩！」那位福州人一再跟甘波士醫生道謝說：「我一輩子沒看過這樣的治療。」

甘波士醫生仁心仁術，如果有人因病情嚴重或不大方便來醫院，他還會安排時間，帶著藥箱到病人家裡看診。

有時，艾斯奇維神父還會請若望中士陪甘波士醫生到馬賽人的聚落，挨家挨戶詢問有沒有需要治療的人？所以，馬賽人都很尊敬甘波士醫生，經常送他各種食物表達謝意。

若望覺得甘波士醫生根本就是天主派來雞籠的天使，但他曾直接問甘波士醫生：「你只懂簡單的醫術，這間小醫院也只有簡單的醫療設施，你一定常遇到治不好的病吧？」

「當然！但我相信禱告的力量。」甘波士醫生說：「我會請病人跟聖母、耶穌或天主禱告，有時我會陪他們一起禱告。」

若望突然想到戰爭，他跟甘波士醫生說：「如果荷蘭人與西班牙人在雞籠發生戰爭，再多的醫生也無能為力吧！」

甘波士醫生說：「願天主垂憐！希望不會有那一天。」

小孩的信仰

雞籠冬天濕冷，夏天卻是濕熱，所以馬賽人喜歡泡在清涼的海水中，他們不論男女，從小就學會了游泳、潛水。

馬賽人也善於食用各種海產，男人會潛水射魚撈蝦蟹，女人會採集海藻，小孩也會撿拾貝螺。

那天，若望與艾斯奇維神父經過海邊，聽到有小孩在玩水的叫聲。若望一看就知道是雨蘭、喜子、天賜，他們三人經常一起遊玩，還一起在諸聖堂當過婚禮的花童。

這三個孩子，學習西班牙語已經四年，簡單的說寫都沒問題，神父也會教他們一些天主教理。

喜子的父親喜左衛門，常與艾斯奇維神父接近，全家已受洗成為天主教徒。天賜雖出身佛教家庭，但父母不會阻止他去教堂，他自己也喜歡天主教理。雨蘭學習最快，她已開始直接閱讀《新約聖經》的《瑪竇福音》了。

艾斯奇維神父曾跟若望談到天賜、雨蘭的信仰，他主張完全不要跟他們和他們的父母談受洗的事，讓他們自然學習，長大後自己決定。

談到天賜，艾斯奇維神父說：「天賜跟家人學佛法，跟神父學天主教理，他將來會懂得東、西兩大宗教的相同與差異，可以提供我們以另一種角度看天主教。」

談到雨蘭，艾斯奇維神父則表示：「雨蘭非常特別，她沒有接觸東西文明，她以土著、小孩、女孩的觀點，以及非傳統天主教的觀點，將來也會提供我們以不同的角度看天主教。」

「沒錯！雨蘭真的跟一般小孩不一樣。」若望說：「所以我才說她是瑪利亞女孩。」

十字架蟹

若望與艾斯奇維神父在海邊聽到雨蘭、喜子、天賜的叫聲，就停下腳步，跟他們揮手。

若望看雨蘭從遠處很快游過來，像小美人魚。雨蘭游到岸邊，手上拿著漁網，跑上岸來，走到若望、艾斯奇維神父身邊，打開了漁網。

「神父！請你看看！」雨蘭說：「這種有花紋的海蟹，背殼中間有一個十字架！」

艾斯奇維神父和若望看了一下，蟹的背殼上真的有十字架，都覺得非常神奇。

「啊！我想起來了！」艾斯奇維神父說：「傳說這是沙勿略神父一百年前在海邊祝福過的蟹。」

這種有花紋的「花蟹」（學名 *Charybdis feriatus*），分布在太平洋、印度洋從日本到南非的海域，信仰基督教的西洋人，很早就發現花蟹背殼上的十字花紋，所以稱此蟹為「十字架蟹」（Crucifix crab）。

十六世紀天主教耶穌會創始人之一方濟・沙勿略（Francis Xavier, 1506-1552），他是第一位把天主教傳到亞洲的西班牙籍傳教士，曾在印度、印尼、馬來西亞、日本傳教。

傳說，沙勿略神父在印度半島南端或印尼摩鹿加群島傳教時，搭船遭遇風浪，戴在胸前的十字架掉到海裡，這是他喜愛的十字架，已隨身很多年，所以他感到懊惱。

過了幾天，沙勿略神父在沙灘散步，突然看到有一隻海蟹，以雙螯挾著他掉在海裡的十字架，對著他爬過來。

沙勿略神父非常歡喜，拿起蟹螯上的十字架，親吻了十字架。隨後，他對著這隻蟹劃十字祝福。從此，這種蟹的背殼上就有了十字花紋的印記。

大家聽了艾斯奇維神父講的故事，覺得非常有趣，都睜大了眼睛，看著網內的花蟹。

三位一體蟹

此時，雨蘭又叫大家看網內的另一種海蟹，背殼上有三個大斑點。這也是雞籠海邊常見的海蟹，後來被稱為「三點蟹」。

「神父！這種蟹的背殼上有三個大斑點，也很特別啊！」雨蘭說：「是不是可以代表三位一體啊！」

艾斯奇維神父聽了，忍不住笑著說：「好的，我也來祝福這隻蟹！」

艾斯奇維神父用右手從額上到胸前，再從一肩到另一肩畫個「十」字形，這是天主教徒「劃十字聖號」的儀式，以紀念耶穌被釘在十字架上。

大家看了，也跟著劃十字聖號。艾斯奇維神父笑著說：「這種蟹以後就叫三位一體蟹！」

若望說：「這兩隻蟹都還沒長很大。」

「是的，牠們要等到秋天、冬天才會長很大。」雨蘭說：「地娜、麻依、麻吉都教我，抓到的蟹如果太小，就要放回海中，將來才有大蟹可吃。」

雨蘭把這兩隻海蟹放回海裡，艾斯奇維神父對著海說：「我也有一個金十字架，如果掉到海裡，請記得幫我撿回來啊！」

第8章 哆囉滿黃金探險

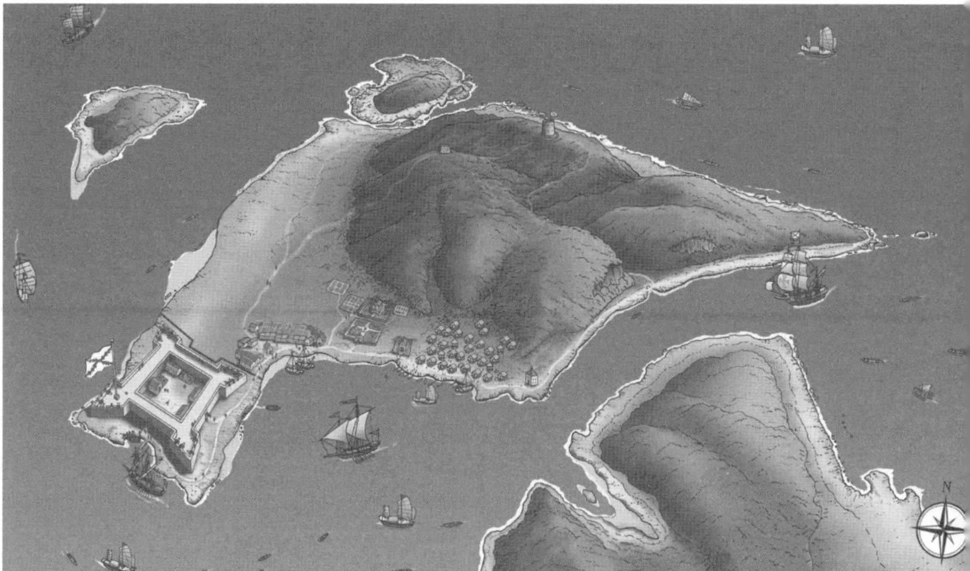

雞籠，一六三一年十月五日

敬愛的保祿神父：

黃金對我沒有吸引力，但黃金的顏色讓我想念百合聖母堂花園裡的苦橙。歐洲人為什麼要來東方？最大的動機是什麼？其實是為了尋找黃金吧！西班牙人很早就聽說艾爾摩沙東海岸山區產金，可能來自華人的傳聞：那裡有產金的溪流，土著身上戴著飾金。因此，西班牙人從菲律賓航行經過艾爾摩沙東海岸，就以西班牙「杜羅河」（Douro）（在夕陽映照下有黃金之河美名）的河名，為這個可能的產金之地命名。

今年九月，我奉雞籠長官阿爾卡拉索之命，帶領二十人的探險隊，前往那裡尋找黃金。我們找到交易黃金的土著聚落，土著長老身上戴著飾金，懂得把碎金熔成金條。

原來，那裡的黃金取自溪流裡純度不高的沙金。我們沿著溪流深入山區，並沒有找到金礦山，可見金礦山的傳說可能並非真實。

但我相信，黃金傳說依然誘人！這次我沒找到黃金，不代表西班牙人就不會再去。聽說荷蘭人也派黃金探險隊去了，如果這次我們在那裡相遇，一場戰鬥就免不了，或許我會躺在沙金的溪流孤獨死去。

對於此次尋金任務，我內心是矛盾的。如果西班牙人在艾爾摩沙找到金礦，西班牙的國力會更加強大，或許可以打敗荷蘭，但很可能重複在美洲挖到金銀礦的歷史，為殖民地帶來悲劇。

我不想為黃金而死，世界上沒有比黃金更有價值的東西嗎？我想到《新約聖經．伯多祿前書》第一章第七節：「這是為使你們的信德，得以精煉，比經過火煉而仍易消失的黃金，更有價值。」

黃金也經不起火煉，但我們對天主的信心得以精煉。我想到《新約聖經．米該亞書》第六章第八節：「上主要求於你的是什麼？無非就是履行正義，愛好慈善，虛心與你的天主來往。」

我們在深山尋找金礦時，因侵入土著領域而遭到攻擊，我的左肩被弓箭射中，幸好只是擦傷。但任務結束回到雞籠後，我的肩傷發炎得非常嚴重，生了一場大病。感謝天主，也幸好有甘波士醫生的治療，以及朋友們的照顧，現在已經完全康復了。

我發燒昏迷時，大家為我禱告，華人祈求佛菩薩，雨蘭不但用馬賽語念巫醫咒語，還用拉丁語念《聖母經》，似乎我得到了眾神的祝福。

天主教是一神教，但我開始思考，我們是不是可以不必貶低不同文化的神？而是包容他們的神？如果各種神都是愛，我們的天主就是世界的神、最大的愛。

以聖吻請安

若望

尋金任務

歐洲人的大航海時代（十五－十七世紀），探險家航行整個地球的天涯海角，走進奇風異俗的陌生世界，尋找金銀應該是最大的誘惑吧！

西班牙人自十六世紀開始殖民美洲，在中南美洲挖到銀礦，鑄成西班牙銀幣，打造西班牙帝國的黃金時代（一五二一－一六四三），成為全世界最早的日不落國。

十六世紀中期，西班牙人在菲律賓建立據點後，就聽說艾爾摩沙東海岸山區產金，可能來自華人傳聞：那裡有產金的溪流，土著身上戴著飾金。在各種黃金傳說中，那裡甚至有一座金礦山，在太陽照射下金光閃爍，令人無法直視。

因此，當西班牙人從菲律賓航行經過艾爾摩沙東海岸，就以西班牙著名河流的名字「杜羅」（葡萄牙語 Douro，西班牙語 Duero），為這個可能的產金之地命名。

這個地名，可能在東臺灣原住民與西班牙人接觸後，念成Turoboan，後來中文音譯「哆囉滿」，成為花蓮的舊名。

「杜羅河」是歐洲西南部伊比利亞半島上的大河，流經西班牙、葡萄牙，在夕陽映照下有「黃金之河」的美名。

若望曾在西班牙看過金色的杜羅河，他現在則奉命來到了艾爾摩沙的杜羅河，希望能夠找到真正的黃金。

一六三一年九月，雞籠長官阿爾卡拉索下令若望中士組成二十人的探險隊，前往艾爾摩沙東海岸的哆囉滿，尋找傳說中的金礦山及黃金河。

自一六三〇年以來，艾斯奇維神父逐漸把傳教重心放在淡水，已拜訪淡水地區很多馬賽人的聚落，交了很多馬賽人朋友。他獲知若望即將前往哆囉滿，特別回來雞籠提供情報：淡水馬賽人很早以前就沿著東海岸擴散到噶瑪蘭、哆囉滿，這兩個地方都有馬賽人的聚落。

哆囉滿的範圍不小，大概在今花蓮縣的立霧溪、木瓜溪一帶。艾斯奇維神父畫了一張哆囉滿地圖，上面有四十多處土著聚落。他還找來一位去過哆囉滿的淡水馬賽人吉力，請吉力隨行協助若望。

艾斯奇維神父特別提醒若望，到了哆囉滿之後，務必小心不要進入深山，那裡可能是土著的領域，他們還有獵人頭的習俗。

艾斯奇維神父為若望祝福，握著若望的手說：「我不希望你為了尋找黃金而犧牲了最寶貴的生命。」

溪流裡的沙金

若望中士一行人搭船來到艾爾摩沙東海岸，在一處大溪（立霧溪）入海口上岸，由淡水馬賽人吉力帶領，進入傳說中產金的哆囉滿。

吉力帶領大家來到一個與外界有往來的土著聚落，走進長老家裡，若望中士一眼就看到長老身上戴著閃閃發亮的金飾，心想：「金飾傳說果然不假。」

若望中士問長老還有沒有其他的黃金？長老拿出他以碎金熔成的金條。

吉力跟若望中士說：「我們常帶來布匹等生活用品，交換他們的黃金，但他們的黃金不是很多。」

若望中士拿出美洲的銀幣和菸草，用手指著金條，問長老：「這些可以跟你換金條嗎？」

「啊！西班牙銀幣。」長老說：「我也喜歡菸草。」

成交之後，若望中士再拿出煙斗送給長老，並詢問長老，他的黃金怎麼來的？「溪流中有沙金。」長老說：「暴風雨後，溪流中有比較大塊的沙金。」

若望中士一行人離開長老家裡，前往附近山上的溪流，看到幾位土著拿著濾網，正在溪流中淘金。若望中士走過去看，似乎沒看到有什麼沙金。

若望中士下令在此休息，並叫士兵試著下水淘金，幾個人淘了幾個小時，只看到微量疑似沙金的物質。

若望中士心想：「沙金純度低，還要再提煉才能變純金，如果派人來這裡淘金，根本不划算。」

紋面土著

若望中士想要往溪流上游走，吉力則提醒艾斯奇維神父的叮嚀。最後，若望中士決定小心戒備，但繼續前進，找了一整天，希望發現金礦的線索，結果未能找到。

在此期間，若望中士一行人經過幾個土著聚落，也詢問黃金從何而來？都得到在溪流淘金的答案。

那天，若望中士一行人在山區溪流旁的平地休息。若望中士正在考慮結束任務下山，突然看到遠方樹叢中射出竹箭，一群拿著弓箭、竹槍、番刀的紋面土著（今太魯閣族）出現眼前。

若望中士當場左肩中箭擦傷，他立刻下令開槍，在一場混戰中，士兵有人輕傷，土著似乎有人中槍，很快就撤走了。

若望中士一邊包紮傷口，一邊決定結束尋金任務，就下令整隊下山，回到船上，隨即啟航。在返回雞籠的船上，若望感到傷口疼痛，但他不以為意。

回到雞籠後，若望把交易來的金條和碎金，交給阿爾卡拉索長官，並說明踏查過程，也做了總結建議：「哆囉滿範圍頗大，沒有找到金礦山，雖然在很多溪流中可以淘到沙金，但數量不多。如果為了取得沙金而駐守哆囉滿，成本太大，得不償失。」

「黃金傳說常被誇大！」阿爾卡拉索長官說：「傳說哆囉滿有一座閃閃發亮的金礦山，大概是胡說的了！」

對於若望中士建議以後不必再去哆囉滿尋金，阿爾卡拉索長官想了一下說：

「下次再看看吧！」

阿爾卡拉索長官看到若望中士左肩的箭傷，安慰他說：「此行辛苦了！先把箭傷治好再說。」

聖母經

若望回到雞籠，卸下壓力，但左肩的箭傷卻愈來愈嚴重，不但傷口紅腫、疼痛，還開始發燒。

甘波士醫生為若望治療外傷，讓他服了止痛藥和退燒藥，還請他暫時住院。若望住院時，大家都來探望，雨蘭採了一束野花，放在他的床頭。若望雖然感到虛弱，但還可以跟大家講話說笑。

過了一天，若望病情未見好轉，傷口開始潰爛，疼痛不止。甘波士醫生為若望做清創手術，但若望發燒不退，最後陷入昏迷。

若望昏迷時，阿爾卡拉索長官前來探望，多明哥等幾位神父也來為若望禱告。艾斯奇維神父人在淡水，還不知道若望生病。

林向高夫婦帶著天賜來看若望，在他身旁小聲誦念佛教的觀音菩薩名號、藥師咒。

地娜幾天前回奇宛暖看父母，回家後聽說若望生病，也跟著雨蘭來醫院探望，在若望身旁誦念馬賽巫醫咒語。

當天晚上，雨蘭說要留在醫院陪若望。她在若望的床邊，用馬賽語誦念地娜教她的馬賽巫醫咒語，也用拉丁語誦念艾斯奇維神父教她的《聖母經》。

第二天一早，若望在半睡半醒中聽到《聖母經》，他睜開眼睛，就看到雨蘭的臉，有如聖母的臉。

若望醒來後，病情逐漸好轉，大家都鬆了一口氣。天賜帶來媽媽煮的鱸魚湯，說可以幫助傷口癒合。雨蘭也帶來媽媽煮的雞肉小米粥，說可以幫助恢復元氣。

天主的試煉

若望才剛病癒，艾斯奇維神父從淡水回來雞籠，馬上去找若望，恭喜他身體康復，也問他哆囉滿尋金任務的感想。

若望說：「尋金任務失敗了！」

「你的任務沒有失敗！」艾斯奇維神父說：「你破除了哆囉滿的黃金傳說。」

「難說！」若望看著艾斯奇維神父：「荷蘭人一定會去哆囉滿，西班牙人也未必死心。」

「世人寧願相信一夕致富的黃金傳說。」艾斯奇維神父認為很多人既事奉天主又事奉錢財。

「其實我內心是矛盾的！」若望說：「如果找到黃金，可能幫助西班牙打敗荷蘭，卻害了哆囉滿土著。」

艾斯奇維神父問：「哆囉滿土著傷害了你，讓你差點死掉，你心中有恨嗎？你會想報復嗎？」

「我沒想過報復，我可能先侵犯了他們的領域。」若望說：「那天在緊急狀況下，我下令開槍，希望沒有傷到他們。」

「說得好！你通過天主的試煉了！」

「我相信每一次試煉都隱藏著天主的祝福。」

諸神保佑

為了慶祝若望康復，艾斯奇維神父在諸聖堂的戶外廣場舉辦野餐會，邀請了雨蘭、地娜、天賜和林向高夫婦。

若望感謝大家的關心和照顧，他笑著說：「聽說我昏迷時，大家曾祈求各種神明來解救我。」

「原來大家的宗教都來幫忙，你才會康復。」艾斯奇維神父問：「有哪些神呢？」

林向高說：「我祈求兩位佛菩薩，一位是救苦救難的觀音菩薩，一位是解除疾苦的藥師佛。」

地娜說：「我祈求馬賽人的Samiai（神），還有馬賽人的祖靈。」

「我交互誦念馬賽咒語、《聖母經》。」雨蘭說：「我以後還要跟天賜學念佛經。」

天賜說：「這樣雨蘭的禱告就是最強的了！」

林向高說：「天主教是一神論、創造論，佛教是無神論、因緣論，兩者有很大的差異。」

「天主教講神的救恩，佛教講人的修行。」艾斯奇維神父說：「但兩個宗教可以強調相同的地方，那就是愛。」

「神父說得很對！」林向高興奮地表示：「我覺得佛教的觀音菩薩就是天主教的聖母瑪利亞。」

艾斯奇維神父笑著說：「相對也可以這樣說，聖母瑪利亞就是觀音菩薩。」

若望問地娜：「馬賽人有自己的Samiai，可以再信仰接受我們的天主嗎？」

地娜不知如何回答，雨蘭說：「當然可以！Samiai愛馬賽人，天主愛西班牙人也愛馬賽人。」

「說得好！」艾斯奇維神父稱讚雨蘭，並補充：「天主愛世上所有的人。」

野餐會結束後，大家回家，若望跟著艾斯奇維神父走進諸聖堂禱告。

「我今天跟神父學到如何傳教。」若望說：「原來傳教要先了解對方的宗教，而不是一直講說自己的宗教。」

「我們到海外傳教，更能夠了解傳教需要跨越不同文化。」艾斯奇維神父說：「傳教者與被傳教者可能相互啟發，讓傳教者更加了解自己的宗教，進而導正自己的信仰。」

第9章

基馬遜河

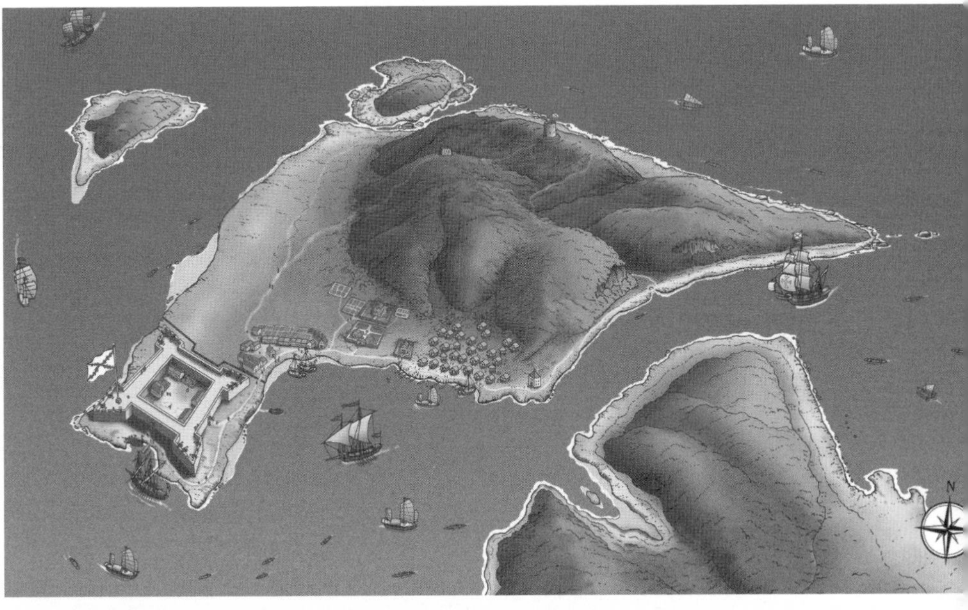

雞籠，一六三二年七月六日

敬愛的保祿神父：

從你的信中，我知道你關心我的宗教信仰，但你不必擔心，我還是堅信天主，只是我在艾爾摩沙遇見不同文化的宗教信仰，產生了理解和包容的想法，我相信並不違反天主教的教理。

西班牙人在淡水建立據點後，發現這條從淡水出海的河流，原來有三條支流，匯集而成艾爾摩沙北部最大的河流，河流沿岸有很多土著聚落。其中流經艾爾摩沙最北的支流，我們以南美洲最大河「亞馬遜河」命名。今年初，阿爾卡拉索長官升我為上士，派我帶兵保護艾斯奇維神父前往探查。

艾斯奇維神父的熱情和魅力讓人驚訝！在淡水一帶，他敢進入偏遠的土著聚落傳教，而且受到歡迎，聽說某個聚落想要安排女人陪他睡覺，把他嚇了一跳。

艾斯奇維神父剛完成的馬賽語教理書，已開始用來教導馬賽人認識天主教了。艾斯奇維神父在雞籠、淡水對馬賽人傳教，輝映當年高母羨神父在馬尼拉對華人傳教，都立下了典範，讓人感佩。

對艾爾摩沙的西班牙人來說，雞籠與淡水之間的交通非常重要，走海路較近，但要考量天氣、風浪才能航行，因此我奉命去找較安全的河道、陸路。

我發現，馬賽人竟然有一條走海邊礁石的路，就是在退潮後順著礁石一塊一塊地跳，從淡水跳到雞籠，稱之「跳石」，真是太奇妙了！

艾爾摩沙位於熱帶、亞熱帶，天氣較熱，馬賽女人也相對早熟，十二歲的少女大都就有乳房、來月經。她們常很自然的裸露上身，或許西班牙人覺得不大雅觀，但我覺得自然就是美，艾斯奇維神父則說要尊重不同的文化。

雨蘭今年十二歲，已經長成少女了！在春夏之間，我看到雨蘭從綠色海藻間浮出水面，從百合花叢中走了出來，飄動的長髮半掩小而堅挺的乳房，令我不禁動了愛戀和情慾。

我今年二十五歲了，早就嚮往愛戀，但雨蘭是「瑪利亞女孩」，她是聖母的化身啊！我人生第一次想找神父告解，我不好意思找艾斯奇維神父，幸好他在淡水，所以我就找年紀最大的多明哥神父。

多明哥神父要我分辨是「愛」還是「慾」？當時我竟然不知如何回答。後來，我仔細想過，除了愛與慾，雨蘭給我的感覺還有神聖。

以聖吻請安

若望

艾爾摩沙的亞馬遜河

西班牙人自一六二八年開始在淡水建聖多明哥城，曾派探險隊探查這條從淡水出海的河流，發現此河上游有三條支流（今基隆河、新店溪、大漢溪），匯集而成艾爾摩沙北部最大的河流（今稱淡水河系），河流沿岸有很多土著聚落。

這三條支流中，位於艾爾摩沙最北、離雞籠最近的支流（今基隆河），西班牙探險隊以南美洲最大河「亞馬遜河」（Río Amazonas）命名。

西班牙人命名的Amazonas，後來被當地馬賽人引用，並加了馬賽語接語詞Ki，最後發音變成了Kimazon。因此，西班牙文獻中沒有Kimazon，到了荷蘭文獻一六五四年的古地圖才標示Kimazon，這是此一河流被中文音譯「基馬遜河」的由來。

後來，因為此一河流成為雞籠與淡水之間往來的重要河道，荷蘭人也稱此河為「雞籠河」，這是「基隆河」之名的由來。

一六三二年春，阿爾卡拉索長官在淡水情勢穩定之後，把若望的軍階從中士升為上士，派他帶兵保護艾斯奇維神父航行「基馬遜河」，探查河流沿岸的土著聚落，並評估此河在雞籠與淡水之間的交通功能。

那天清晨，艾斯奇維神父、若望上士一行二十多人，在淡水聖多明哥城整隊後，從淡水出海口上船，往河流上游的方向走，展開探查基馬遜河的任務。

艾斯奇維神父站在船頭，若望陪在一旁，看到河岸邊有很多獨木舟。若望說：「這種小船，馬賽人稱之Bangka，有的兩側有木板邊架，比較穩定，可航行海中。」

「沒錯！」艾斯奇維神父說：「菲律賓語也叫Bangka。」

不久，船經過一處有很多候鳥棲息的地方（今關渡），轉入另一個河道（今基隆河）。若望說：「這裡就是基馬遜河，艾爾摩沙的亞馬遜河。」

西班牙殖民地南美洲最大的河，即著名的「亞馬遜河」。據說，當年西班牙探險隊在此河遭遇一群帶著弓箭的土著女戰士攻擊，就以古希臘神話中以女戰士著稱的「亞馬遜人」（西班牙語Amazonas），為此河命名。

船繼續往基馬遜河上游走，果然看到很多有大有小的土著聚落。艾斯奇維神父了解到，以西班牙當前在艾爾摩沙的財力和人力，恐怕無法殖民太大的區域。

艾斯奇維神父也知道，雖然他以羅馬字拼音編寫了《淡水語辭彙》、《淡水語教理書》，西班牙人在淡水一帶的傳教也很順利，但恐怕無法擴及太大的基馬遜河流域。

艾斯奇維神父跟若望上士說：「西班牙人前來艾爾摩沙發展，已經快六年了，但在菲律賓總督府內部，一直有質疑西班牙殖民艾爾摩沙不符合國家整體利益的聲音。」

艾斯奇維神父接著又說：「現在雞籠、淡水的貿易功能不如預期，未來的發展也很難樂觀。」

「我完全了解！」若望上士說：「由此可見，阿爾卡拉索長官多麼希望我在哆囉滿找到金礦。」

船在基馬遜河走了大半天，到了接近「八暖暖」（Perranouan，後來簡稱暖暖）的地方，因溪流乾涸，連竹筏都無法航行。

若望上士知道在這裡要改走陸路，他請艾斯奇維神父等人下船，再命令一位下士帶領八位士兵，把船調頭走原路回淡水，若望上士帶領艾斯奇維神父等人，從八暖暖翻越山嶺，再走陸路，終於在傍晚到了雞籠對岸的沙灣聚落，再搭舢舨抵達雞籠。

若望上士隨即向阿爾卡拉索長官報告：基馬遜河沿岸有很多土著聚落，但過於分散。雞籠與淡水之間的河道交通，以基馬遜河加一段陸路，約需一天時間，這是當氣候不佳時比海路安全的選擇。

跳石

雞籠與淡水都在艾爾摩沙的北海岸，兩地之間的交通，除了海路，以及基馬遜河道加一段陸路之外，是否還有北海岸的沿岸道路？為此，阿爾卡拉索長官再派若望上士前往探查。

若望先找人打聽，才知竟然還有「跳石」之路。雞籠與淡水之間的交通，由於海岸沒有平順可走的沿岸道路，所以出現走海岸礁石之路，雖然辛苦又危險，但馬賽人和華人都有人走。

艾爾摩沙的北海岸，接近海岸的水中有很多大塊礁石，漲潮時看不見，退潮時露出水面，幾乎布滿雞籠與淡水之間。因此，那些沒有船的窮人，就會在退潮時走入海中，跳過一塊一塊的礁石行走，稱之「跳石」。當地華人說「跳石以為梁」，就是把跳石當成橋梁的意思。

在臺灣南端的恆春半島海岸，早年也有「沿海跳石而行」之路，並聽聞「有跳石上斃者」，可見其危險性。

若望聽到原來還有海岸礁石之路，覺得驚奇，他問一位馬賽人：「跳石之路，很多人走嗎？」

馬賽人說：「不少人走！因為方向清楚，不會迷路。」

「風險如何？」

「跳石當然有風險，如果失足就會摔傷甚至掉到海裡淹死，這是窮人的命運。」

「走雞籠與淡水之間的跳石之路，需要多少時間？」

「這還要看漲退潮情形，漲潮時就沒有礁石可走，所以大約三至四天。」

海岸道路

一六三二年五月，若望上士帶著二十名士兵，準備了飲水和乾糧，展開在艾爾摩沙北海岸尋找沿岸道路的踏查任務。

若望上士一行人先從雞籠渡海到對岸，再走陸路前往淡水。他們沿著雞籠港走，從東岸走到西岸，再朝著「魔鬼岬」的方向走。

艾爾摩沙的北海岸，海景很美，有些海岸可以看到海上礁石的跳石之路，但陸路難尋。雖然也有平坦的陸地、沙灘，但更多時候是溪流、岩石、山崖的阻礙，必須一再繞道。

若望上士一行人在路上遇到的人，看來大都是馬賽人。若望上士可以用馬賽語跟他們講話、問路，但有很多人一看到西班牙軍人就躲開了。

他們經過一條叫「瑪錬」（Basa）的大溪，又經過了魔鬼岬，來到一個叫「萬里加投」（Pereketau）的沙灘，附近有馬賽人的聚落。那裡的山區有硫磺，在路邊就可聞到硫磺味，大家停下來休息，順便在有硫磺泉的溪流泡澡。

「我本來以為淡水那邊才有硫磺。」若望跟士兵說：「原來馬賽人在雞籠賣給華人（福建官商）的硫磺，就是從這裡開採再運過去的。」

他們繼續走，經過一個很大的馬賽人聚落叫「金包里」（Kimpauri，今金山），再經過一個海岸礁石上布滿綠色海藻的地方叫「嘎嘮覓」（Malleymey，今石門老梅）。

若望一行人就這樣一邊走，一邊找路、問路，然後記錄、畫地圖，走到第四天，終於抵達淡水，進入聖多明哥城。艾斯奇維神父聽到若望來到淡水，就過來聖多明哥城與他相見。

若望在聖多明哥城過夜，準備第二天再走原路回雞籠，以確認並繪製雞籠與淡水海岸道路的地圖。那天晚上，若望有心事，本想跟艾斯奇維神父談，但又覺得不好意思開口，最後作罷。

回程從淡水往雞籠走，因為是原路，所以走了三天就抵達雞籠。第二天上午，若望向阿爾卡拉索長官提出報告並呈上地圖。

「艾爾摩沙北海岸的沿岸道路雖然可行，但有很多障礙需要移除或打通。」若望說：「這條海岸道路很重要，但在人力及經費上還要評估。」

阿爾卡拉索長官聽到還要花很多錢，皺起眉頭，不置可否。

若望說：「如果因天候太差無法走海路和河道，又有緊急狀況，海岸道路還是勉強可行。

「這條海岸道路很重要！」阿爾卡拉索長官嘉許若望說：「這次任務你辛苦了！」

若望的煩惱

若望對艾斯奇維神父難以啟齒的心事，原來是他心中的「瑪利亞女孩」長大了！十二歲已發育良好的少女雨蘭，讓他動心了！

艾爾摩沙位在熱帶、亞熱帶，馬賽女人相對早熟，十二歲馬賽少女的身體，乳房多已發育，甚至已來月經。

在雞籠，天氣熱時，馬賽女人常會裸露上身，或許西班牙人覺得不大雅觀，但艾斯奇維神父特別跟西班牙人說：「我們應該尊重不同的文化。」

若望看到的馬賽女子，常見以寬布纏腰為裙，上身裸露乳房，頸上掛著飾物。他覺得自然就好，不以為意，也早已習以為常。

但他沒想到，他眼中的小女孩，有一天會變成少女，本來平坦的胸部，乳房竟然凸出了，擾動了他平靜的心，以及男性的肉體。

若望驚覺他對雨蘭的性衝動，卻忘記其實自己已經是二十五歲的成年人了。

雞籠最美的季節在春天與夏天之間，東北季風已過而颱風未來，山丘翠青，海水正藍。若望看到雨蘭在山丘上，從百合花叢中走了出來，或在海水中，從綠色海藻間浮出水面，春風飄動的長髮，半掩小而堅挺的乳房，不禁動了愛戀與情慾。

然而，若望心中對雨蘭純真、無染的聖母形象，把他從遐想拉回現實。不論在山上或海岸，若望看到的雨蘭，雖然上身裸露乳房，卻依舊是女孩模樣，向他熱情揮手，講西班牙語跟他打招呼。

因此，若望心想：「雨蘭只是身體變成女人，她的心靈還是瑪利亞女孩。」

若望雖然試圖反過來提升自己的心靈，卻仍無法壓抑自己的身體。他在淡水不敢對最信任的艾斯奇維神父吐露，現在感到懊惱，就連禱告也無法化解。

告解

這天，在諸聖堂主日彌撒後，若望找在雞籠年紀最大的多明哥神父告解。若望從小到大很少告解，這也是他離開西班牙家鄉七年以來第一次告解。

若望對著告解格窗，先坦承他的困擾，但沒有講出雨蘭的名字。

多明哥神父問：「你對那個馬賽少女的感覺，你分得出來是愛戀或是情慾嗎？」

「愛戀或情慾，我不知道如何分辨。」若望想了一下說：「或許兩者都有吧！」

「那麼你要再想清楚，不要跟著情慾走。」

「我想去跟她告白，可以嗎？」

「我希望你先冷靜一下，多禱告吧！」多明哥神父說：「向聖母禱告吧！」

若望走出告解室，抬頭看見諸聖堂的聖母像，想到聖母有如母親愛護每個孩子，包括雨蘭在內，一剎那間，他還沒跟聖母禱告就想通了。

他告訴聖母，也告訴自己：「雨蘭雖然身體成熟了，但心靈還有待成長，我應該再等她幾年。」

第10章

偷渡日本傳教

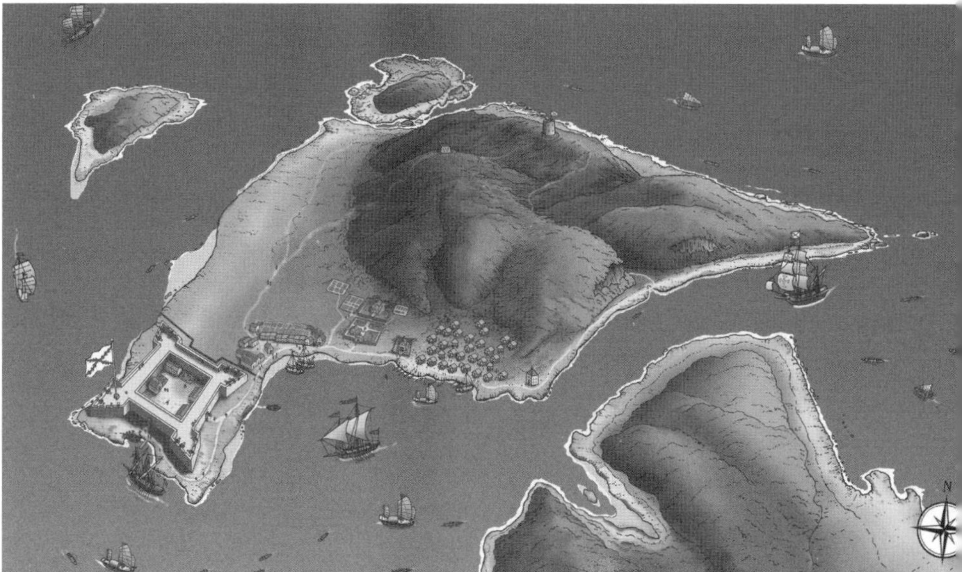

雞籠，一六三三年十一月一日

敬愛的保祿神父：

我很悲傷地跟你說，你的好友艾斯奇維神父今年五月從雞籠偷渡日本傳教和考察，結果被日本官兵抓走，現在情況不明，有人說他被殺害了，有人說他被帶去很遠的地方。

日本德川幕府自一六一四年頒布禁教令，下令捉拿西方傳教士和日本信徒，艾斯奇維神父在西班牙念神學院時就知道了。日本禁教的手段愈來愈嚴苛而殘酷，信徒甚至會被處死，西方傳教士為了撫慰信徒，仍前仆後繼冒險偷渡日本，結果很多神父被殺殉教。

在這種情況下，艾斯奇維神父仍堅持前往日本，他的決心和勇氣，誰也無法阻擋，只能相信天主自有安排。

我以前跟你講過，雞籠有位華人信仰佛教，奉祀觀音菩薩，他家有一尊觀音抱著男嬰的雕像，叫做「抱子觀音」，很像天主教的聖母聖嬰像。現在，日本天主教信徒都用抱子觀音像來掩護聖母聖嬰像，稱之「瑪利亞觀音」。

日本禁教有一種酷刑，把多位信徒倒吊在地洞中，再威脅神父宣布棄教，棄教就可與信徒離開，否則就一起處死。教會在歷史上都表揚殉教的聖徒，但如果有神父棄教，就不是教會的傳統思維所能理解。然而，神父就算為了信徒想要棄教，也會質問自己：棄教是為了解救信徒？還是因為貪生怕死？

教會認為神父不會棄教，神父大都也會光榮殉教。但雨蘭相信，艾斯奇維神父沒有殉教，而是帶著瑪利亞觀音像，繼續隱藏屈辱，在日本宣傳福音。

雨蘭啟發我去想：如果跳過教會直接面對天主，是不是忍辱棄教、活著傳教才是更大的犧牲？棄教其實是更大的承擔，也是對信仰重新的詮釋和實踐。

我也開始思考：宗教最重要的不是殿堂、儀式、聖像、經書的形式，而是信仰的精神。信徒最重要的不是遵循教會的規定，而是活出耶穌的樣式。

艾斯奇維神父在前往日本的前一天晚上，把他配戴多年的金十字架項鍊送給我，或許他已預感無法再回來雞籠了。當他選擇了道路，他的信念是：「出發是必須的，但活著不是。」

艾斯奇維神父在日本失蹤，不管是已經殉教，還是繼續傳教，他都是天主教的聖徒。

今天是諸聖節，感念所有知名、不知名的聖徒、殉道者。

以聖吻請安

若望寫於諸聖節

日本禁教

一五四九年，天主教由耶穌會創始人之一方濟．沙勿略傳入日本後，因成為庶民信仰而蓬勃發展。到了十七世紀初，日本已有一百多位天主教神職人員，六十多萬信徒。

一五八七年，豐臣秀吉開始打壓天主教，驅逐西方傳教士。一六一四年，德川幕府頒布禁教令，先是要求日本信徒棄教，後來下令捉拿甚至處死信徒，天主教因而被迫潛入地下。

因此，天主教神父偷渡日本傳教成為常態。一六二六年，西班牙人在艾爾摩沙北部的雞籠設立據點，除了與艾爾摩沙南部的荷蘭人抗衡之外，也計畫安排神父從雞籠偷渡日本傳教。

若望曾問艾斯奇維神父：「為什麼天主教剛傳入日本就擁有廣大信徒？」

艾斯奇維神父說：「因為天主教為受壓迫的庶民帶來希望。」

「為什麼日本後來要打壓天主教？」

「日本掌權者擔心天主教勢力太大，威脅他掌控的政權。」

「為什麼日本禁教，神父還要偷渡日本傳教？」

「神父要為信徒主持宗教儀式，帶給他們信心。」

「神父偷渡日本傳教，如果被發現會怎樣？」

「日本的禁教措施嚴苛而殘酷，超乎我們想像。」

艾斯奇維神父提及一六二九年在日本長崎實施的「踏繪」手段，在交通要道上設置刻繪耶穌或聖母瑪利亞圖像的木板或鐵板，要求每個路過的人踩踏，以分辨是否為教徒。這是以通過「瀆神」的方式來強逼信徒棄教。

艾斯奇維神父解釋：「教徒如果踩踏，就會自覺背棄了信仰；如果不願踩踏，就會被抓走甚至處死。」

若望聽了，驚訝地說：「我真的無法想像。」

艾斯奇維神父說：「當時日本掌權者對付神父的手段，更加難以想像。」

艾斯奇維神父再談到「穴吊」的酷刑，把信徒倒吊在地洞中，為了不讓頭部充血很快就死，故意在耳後開個小洞讓血慢慢流出，並把穢物丟到洞中，讓人生不如死。官兵在行刑時，告訴在一旁的神父，只要棄教就可帶著信徒離開，否則一起處死。

若望大驚，滿臉疑惑地問：「神父可能棄教嗎？」

「教會不相信神父會棄教，神父也因不願棄教而選擇殉教。」艾斯奇維神父說：

「在踏繪和穴吊的手段下，聽說日本已經有數千名信徒殉教。」

艾斯奇維神父偷渡日本

在十七世上半葉，天主教神父偷渡日本傳教，有的從葡萄牙據點的澳門出發，主要是耶穌會；有的從西班牙據點的馬尼拉、雞籠出發，主要是道明會。

道明會在雞籠的艾斯奇維神父，向來景仰偷渡日本傳教的前輩神父，他希望自己也有機會前往日本傳教。對於傳教工作，艾斯奇維神父主張要先學習對方的語言、了解對方的文化，所以他跟住在雞籠的日本人喜左衛門學習日文。

此外，艾斯奇維神父也計畫在雞籠設立神學院，培養華人、日本人的傳教士，讓他們直接在自己的國家傳教。在日本禁教後，艾斯奇維神父認為，日本傳教士可以潛入日本、混入人群傳教，這是西方傳教士做不到的任務。因此，艾斯奇維神父也希望從日本找信徒來雞籠念神學院。

艾斯奇維神父也開始協助日本傳教士從雞籠偷渡日本傳教，包括一六二九年從馬尼拉來的日本神父西六左衛門，一六三二年的另一位日本神父朝永五郎兵衛。

一六三三年，日本在禁教之外又實施「海禁」（鎖國）政策，阻斷了西班牙與日本的貿易。因此，艾斯奇維神父主動向新任雞籠長官黎巴烈（Bartolomé Diaz Barrera）請命，希望偷渡日本傳教及考察。

黎巴烈長官希望艾斯奇維神父多加考慮，若望也擔心艾斯奇維神父的安全。然而，艾斯奇維神父對自己的決心非常堅定，他說：「這是天主對我的安排和成全。」

喜左衛門得知艾斯奇維神父的想法，就跟大家說：「如果艾斯奇維神父決定冒險，我就陪他去日本。」

瑪利亞觀音

艾斯奇維神父決定偷渡日本，正在安排船期，林向高獲知後，決定為他敬愛的神父做一件事。

日本是佛教國家，也信仰觀音菩薩，由於德川幕府禁止天主教，很多信徒就以觀音像來掩護聖母像，尤其「送子觀音」有如「聖母聖嬰」（瑪利亞抱著耶穌），日本人稱之「マリア觀音」（Maria Kannon），即「瑪利亞觀音」，成為日本禁教時期

（一五八七－一八五八）獨特的神像。

林向高家裡供奉送子觀音像，他知道福州的神像雕刻店有刻送子觀音像，就專程跑一趟福州，搜購大的小的二十尊送子觀音像，帶回雞籠。

然後，林向高請擅長手工藝的地娜，把貝殼磨成十字架，藏在每一尊送子觀音像裡面。雨蘭知道後，也在家裡幫忙地娜做十字架。

林向高邀請艾斯奇維神父、喜左衛門來家裡，說有一群好朋友要幫他們兩位餞行。當天，大家一起吃福州菜、喝紅麴酒後，林向高把二十尊送子觀音像拿出來，送給艾斯奇維神父。

林向高說：「送子觀音像裡面藏了地娜和雨蘭做的貝殼十字架。」

地娜也拿出用貝殼做的幾十個小十字架，跟艾斯奇維神父說：「這是我和雨蘭另外再做的十字架。」

「這些瑪利亞觀音像和小十字架，我會送給日本信徒。」艾斯奇維神父非常感動，他以拉丁文誦念《聖母經》，並為大家祝福。

林向高說：「日本掌權者信奉佛教，壓迫天主教，不代表佛教與天主教發生衝突。」

「這並非宗教衝突，而是政治壓迫宗教。」艾斯奇維神父說：「瑪利亞觀音就代表天主教與佛教的和諧。」

金十字架項鍊

艾斯奇維神父、喜左衛門雇了一艘中國帆船，準備從雞籠偷渡日本。出發的前一晚，若望來找艾斯奇維神父。

這八年來，若望覺得艾斯奇維神父不但是老師，也有如父親。當晚，若望也終於鼓起勇氣，把他對雨蘭的愛戀、情慾、神聖的感覺，都告訴了艾斯奇維神父。

「這也叫三位一體嗎？」艾斯奇維神父笑著說。

「神父不要笑我。」若望想不到艾斯奇維神父會開玩笑，也笑著說：「我一度很困惑，還找了多明哥神父告解。」

「你很正常，你是成熟的男人。」艾斯奇維神父說：「雨蘭是美麗的少女，也有神聖的心靈。」

「我後來想通了！我應該再等幾年，等她長大了，再跟她告白。」

「我知道你自己會想通，但你怎麼知道，雨蘭將來也會愛上你？」

若望一臉尷尬，艾斯奇維神父說：「順其自然吧！就算雨蘭是聖母顯現，也是天主的安排。」

「明天就要前往日本了，你不擔心嗎？」若望紅著眼眶：「萬一你的行蹤被日本人發現呢？」

「天主自有安排！」艾斯奇維神父神色自若：「但有些事我自己可以安排。」

艾斯奇維神父把他胸前的金十字架項鍊取下來，放到若望手上，握住若望的手說：「這個金十字架項鍊跟著我很多年了，我現在送給你。」

「我幫你保管。」若望說：「等你回來，我再還給你。」

若望跟艾斯奇維神父道別，走了幾步，又回頭問：「神父！有個問題，我想問你，又不敢開口。」

「你問，沒有什麼不能問的。」

「如果你在日本被抓了，日本官兵用信徒的生命威脅你棄教，你會殉教嗎？」

「這個問題我想過，但我現在還不知道答案。」艾斯奇維神父說：「我相信到時耶穌會指引我。」

神父失蹤

一六三三年五月的一個早晨，艾斯奇維神父、喜左衛門在雞籠上船，黎巴烈長官等很多人來送行，艾斯奇維神父與大家一一擁別。

「神父，我愛你！」雨蘭抱著艾斯奇維神父說：「我會每天為你誦念《聖母經》，願聖母眷顧你。」

艾斯奇維神父說：「雨蘭，妳是蒙福的女子。」

天賜也抱著艾斯奇維神父：「神父，觀音菩薩和聖母瑪利亞都會保佑你。」

艾斯奇維神父說：「天賜，我相信觀音是聖母的化身，或者說聖母是觀音的化身。」

喜子跟父親喜左衛門道別：「爸爸，願天主眷顧你，早日平安回來。」

喜左衛門說：「喜子，我一定會帶艾斯奇維神父回來。」

艾斯奇維神父、喜左衛門搭船抵達日本後，經由喜左衛門的打聽與帶路引導，終於與一群日本天主教信徒見面。信徒們看到艾斯奇維神父冒著生命危險前來日本，都非常感動，更增進了他們對天主教的信心。

艾斯奇維神父帶領日本信徒舉行彌撒，為他們祝福，與他們對話，喜左衛門在一旁幫忙翻譯。艾斯奇維神父看到很多信徒流淚，就擁抱他們。

艾斯奇維神父拿出瑪利亞觀音像送給信徒，並告訴他們藏在機關裡的貝殼十字架。他們都非常高興，對著瑪利亞觀音像禱告。

艾斯奇維神父也隨身帶著小十字架，隨時送給窮苦的信徒。信徒們都相信，把神父祝福過的小十字架帶在身上，就能得到更多的保佑。

那天，艾斯奇維神父特別告訴喜左衛門，他已物色了兩名年輕又聰明的日本信徒，將帶他們回雞籠念神學院，將來再派他們回到日本傳教。

然而，若望擔心的事終於發生了。艾斯奇維神父在一處隱密場所主持主日彌撒時，日本官兵突然破門而入，大家都跑散了。艾斯奇維神父目標明顯，馬上就被抓走了。

喜左衛門四處打聽艾斯奇維神父的下落，找了兩個月都找不到，有人說神父一定被殺害了，有人說看到神父被帶去很遠的地方。

到了十月，喜左衛門在萬念俱灰下，決定先回來報告神父失蹤的事。

若望眼眶含著淚水，細聽喜左衛門的敘述，不知道要說什麼？他看到喜左衛門講到淚流滿面，想到艾斯奇維神父待人的體貼和寬厚，就走過去擁抱喜左衛門。

「你陪艾斯奇維神父去日本，已經非常勇敢了！」若望安慰喜左衛門：「天主自有安排，你千萬不要怪罪自己。」

若望又跟喜左衛門說：「如果艾斯奇維神父蒙主恩召，他也會祝福你平安快樂。」

殉教與棄教

雨蘭聽到艾斯奇維神父失蹤的消息，也非常傷心。若望約她到海邊散心，當時未漲潮，兩人從雞籠主島涉水走到西北方的小嶼（今和平島公園），坐在山丘的岩石上。

若望遙望北方的金字塔小嶼（今基隆嶼），回想六年前他曾帶艾斯奇維神父來這裡，憑弔馬尼拉的高母羨神父。

若望跟雨蘭講到日本禁教有關「踏繪」的手段，他問雨蘭：「如果日本人要妳踩踏聖母畫像，妳會怎麼做？」

雨蘭毫不猶豫地說：「我就踩過去！」

「為什麼？」若望沒想到，雨蘭不必想就回答了這個難題。

雨蘭說：「因為聖母知道我是被逼迫的。」

「我相信耶穌也會踩過自己的畫像。」

若望再談「穴吊」的酷刑，並提及曾經問過艾斯奇維神父，如果他在日本被抓了，日本官兵用信徒的生命威脅要他棄教，他會選擇殉教或棄教？當時艾斯奇維神父沒有回答，只說到時耶穌會指引他。

這次雨蘭反過來先問若望：「如果是你，在這種情況下，你會怎麼做？」

「我也不知道！」若望說：「但教會似乎認為應該殉教，也一向表揚殉教的神父。」

雨蘭說：「如果神父選擇殉教，信徒不就要跟著一起被處死嗎？」

「所以是兩難！」若望問雨蘭：「妳不是教會的人，妳想應該怎麼選擇？」

「我會選擇解救信徒的生命。」雨蘭說：「教會以為我棄教，但天主知道我沒有棄教。」

若望沒想到，雨蘭這麼快就回答了另一個難題。他再問雨蘭：「妳想艾斯奇維神父還活著嗎？」

雨蘭說：「我寧願相信艾斯奇維神父沒死，他帶著瑪利亞觀音像，繼續在日本宣傳福音。」

若望看著大海，想念艾斯奇維神父。前方那座金字塔小嶼，一直豎立海上，就像正直的艾斯奇維神父，永遠在他心中。

他握著胸前艾斯奇維神父的金十字架項鍊，不禁流下眼淚。

第11章

艾爾摩沙的中衰

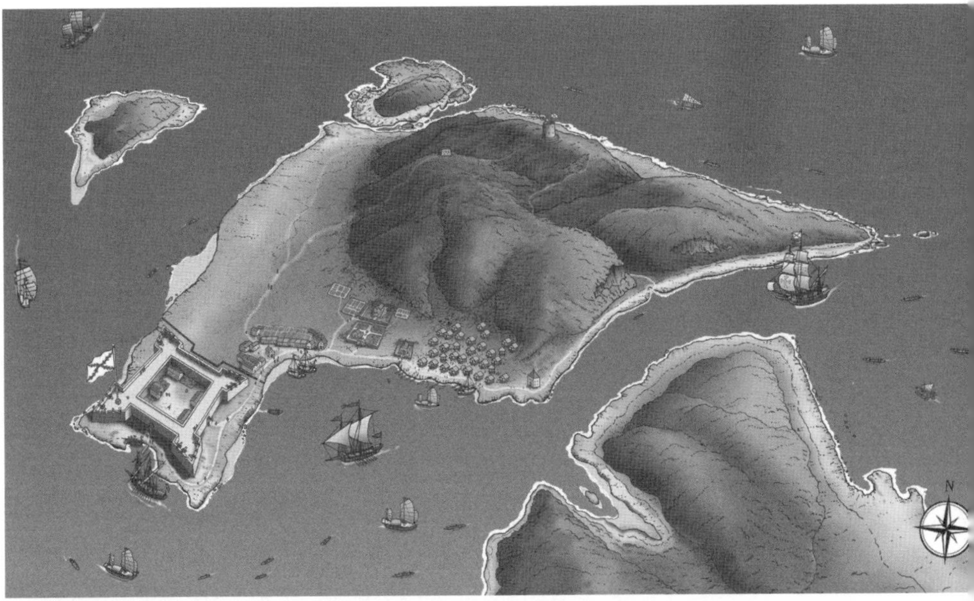

雞籠，一六三四年九月六日

敬愛的保祿神父：

你很關心艾斯奇維神父的下落，但我一直沒有他的訊息，只能為他祈禱，並相信天主的安排。

西班牙人一六二六年來艾爾摩沙北部的雞籠，開始興建聖救主城，經過八年後，這座方城四角的稜堡已全部完工，城堡非常堅固，但西班牙人在艾爾摩沙的經營卻開始衰退了。

西班牙人在雞籠建立比馬尼拉接近日本、中國的據點，本以為將有助貿易與傳教，結果並沒有預期順利，尤其日本先是禁教，現在又實施海禁，不但不讓西班牙人去日本，也不讓日本人來馬尼拉、雞籠，對雞籠的經濟發展影響很大。

然而，西班牙的敵國荷蘭，一六二四年在艾爾摩沙南部的大灣建立據點後，發展卻很順利，中國商人覺得去大灣比來雞籠貿易獲利更多。日本去年開始實施的海禁政策，卻對荷蘭、中國開放，對西班牙就愈來愈不利了。

在此同時，聽說西班牙在美洲銀礦的產量逐年減少，也讓馬尼拉貿易陷入衰退，這樣將會牽動艾爾摩沙貿易的中衰。

從塞維亞來馬尼拉、雞籠，艾斯奇維神父一直是我的人生導師，他去年在日本失蹤後，讓我頓時失去精神支柱。但我必須堅強起來，世界還有很多我要學習的地方，天主也交給我很多人生的任務。

雞籠冬天濕冷，西班牙人難以適應，夏天則會有颱風，那是西班牙人沒見過的大風，連堅固的聖救主城都被吹得動搖。但我已經把雞籠看成第二故鄉，又愛上了雞籠的雨蘭。

我借了一艘加了邊架的雙人獨木舟，帶著雨蘭從雞籠划到北方海上的小嶼，我稱之「金字塔嶼」。哇！我在這裡竟然看到有翅膀會飛翔的魚，天主造物太神奇了。金字塔嶼比雞籠小很多，但有一座較高的山，我帶著雨蘭登上山頂，這是我第一次牽她的手。

在山上，才剛閱讀《瑪竇福音》的雨蘭，彷彿變成耶穌在講「山上寶訓」給我聽，她以自己的領悟來談耶穌的教導，給我很多啟發。

今天是華人的中秋節，月圓思鄉的節日。塞維亞也是月圓之夜，我想念你，想念父母，想念百合聖母教堂，願天主賜予你們平安。

以聖吻請安

若望

日本海禁鎖國

一六三三年，日本江戶時代德川幕府施行「海禁」政策，加上之前已實施多年的「禁教」政策，在日本歷史的對外關係上被稱為「鎖國」。

「海禁」禁止日本人出海貿易，甚至禁止本來在國外經商的日本人返國。在國際貿易上，則只准許荷蘭人、中國人在長崎貿易，葡萄牙人、西班牙人都被排除在外。

結果，西班牙在馬尼拉、雞籠、淡水的據點，都失去與日本貿易的功能，不但貨物無法交流，也買不到日本生產的米糧及生活用品，對西班牙在東南亞、東亞據點的經濟影響很大。

在對中國貿易方面，中國商人覺得去荷蘭的大灣比去西班牙的雞籠、淡水貿易獲利更多，甚至本來雞籠、淡水獨賣的硫磺，現在也能在大灣買到。因此，雞籠、淡水對中國的貿易功能也衰退了。

一六三四年，新任的雞籠長官羅美洛（Alonso Garcia Romero）在聖救主城與駐軍開會時坦承，菲律賓總督府對一六二六年來雞籠設據點，至今內部仍有不同意見，雖然反對派認為不符西班牙在東南亞、東亞的整體利益，但一六二八年還是決定在淡水增設據點。

羅美洛長官說：「現在日本海禁，如果艾爾摩沙無法經由貿易自給自足，反對派的意見恐怕會變成主流。」

羅美洛長官知道若望上士曾奉命前往哆囉滿尋找金礦未果，他跟若望上士說：「荷蘭人也去哆囉滿尋金，聽說也沒有結果。」

若望上士回答他：「是的！但黃金傳說依然是很大的誘惑。」

羅美洛長官說：「沒錯！但也要務實。」

羅美洛長官又再分析，既然荷蘭人都繞過艾爾摩沙南端到哆囉滿，他們不會想再進入噶瑪蘭嗎？

羅美洛長官對安德列斯上尉說：「我們要比荷蘭人早一步進駐艾爾摩沙東海岸的噶瑪蘭，看看能否找到新的資源。」

雞籠港西岸堡壘

若望上士說：「日本實施海禁，卻又對荷蘭開放，荷蘭仍有商業利益，相對西班牙就更不利了。」

「目前在歐洲和亞洲的局勢，確實都對荷蘭有利。」羅美洛長官說：「雖然我們沒有能力驅逐艾爾摩沙的荷蘭人，但一定要守住雞籠、淡水。」

安德列斯上尉表示聖救主城興建八年，四個稜堡已全部完工，加上兩座在山上的堡壘、一座在水道旁的堡壘，擁有堅強的防禦體系。

羅美洛長官說：「雞籠島上的聖救主城及三座堡壘，都在雞籠港東岸，是否雞籠港西岸也需要建一座堡壘？」

「聖米樣堡位在雞籠島中北部海岸山頂，可監視進入雞籠港的船。」安德列斯上尉說：「如果雞籠港西岸山上也建一座堡壘，這樣雞籠港東西兩岸都有砲臺，可形成交叉砲火，攻擊進入雞籠港的船。」

「沒錯！從雞籠港兩岸夾擊！」羅美洛長官拿出地圖，指出在雞籠港西岸可以建堡壘的位置（今白米甕砲臺），請安德列斯上尉過來看。

「好的，我來安排建西岸堡壘。」安德列斯上尉說：「現在人力和財力都不足，希望早日完工。」

雞籠杙

初夏，和風日麗的早上，若望找到雞籠馬賽人聚落的長老波那，跟他借了一艘附有邊架的雙人獨木舟，帶著雨蘭出海旅遊。

獨木舟是用單棵樹幹挖空而成划艇，一般有單人及前後雙人兩種。如果在獨木舟的兩側加了木板的邊架，可增加穩定性。

兩人登上雙人獨木舟，雨蘭在前，若望在後，兩根長槳划動，很快就划離雞籠南岸的水道。

「我們先到雞籠港！」若望說：「我帶妳去拜訪華人教友。」

船划到了崁仔頂，五年前艾斯奇維神父說要建的「聖若瑟堂」小教堂，早已完工啟用，這裡的信徒也愈來愈多。

一位認識若望的教徒說：「我們聽說艾斯奇維神父在日本失蹤的事了，我們常為他禱告。」

雨蘭說：「艾斯奇維神父為我們做了很多事，大家都會記得他。」

大家知道若望和雨蘭等一下要去雞籠北方的小嶼「雞籠杙」（今基隆嶼），一位教友跟若望說：「雞籠杙很美，但有點遠喔！」

「雞籠杙」距離雞籠港四公里，距離雞籠三公里多。「雞籠杙」的地名源自「雞籠」，「杙」（漳州音khı̍t）是木樁，可繫牛或在水邊繫船，從雞籠看雞籠杙，主島嶼左邊有個「杙仔」（等腰三角形的木樁），故得名。

若望說：「我們不怕遠，到了小嶼，還要登上山頂。」

於是，崁仔頂教友準備了茶水及粿條，讓若望和雨蘭帶去雞籠杙午餐。

飛魚與大鳥

若望和雨蘭划著獨木舟，划了一個半小時才到雞籠杙。

若望說：「雞籠杙看來很近，但划起來就不近了。」

「不算遠啦！」雨蘭說：「如果天氣好，我們族人可以從雞籠游過去。」

在雞籠杙海域，雨蘭提醒若望注意海面，可以看到一種會飛的魚。果然，若望隨即就看到了。

「我在歐洲沒看過這種有翅膀會在空中滑翔的魚。」若望說：「真是太神奇了！」

飛魚（臺語稱飛烏）隨著黑潮從菲律賓游來臺灣東海岸，春天在蘭嶼海域，夏天游到基隆嶼、彭佳嶼海域產卵。

飛魚游泳很快，在後面追趕捕食飛魚的大魚叫鬼頭刀（臺語稱飛烏虎），飛魚在水中逃離鬼頭刀之口、躍出水面滑翔時，卻被空中的白腹鰹鳥（臺語稱海雞母）張開大嘴一口吞下。

若望說：「那種白色肚子的大鳥，在空中抓魚非常靈活。」

雨蘭說：「這種大鳥的家，就在這個小嶼上。」

金字塔嶼

若望和雨蘭把獨木舟停靠岸邊，走上小嶼，看到滿山的白色百合。

若望彷彿回到八年前，他剛下船登上雞籠，也是看到山丘上盛開的白色百合，還有捧著白色百合的「瑪利亞女孩」。

他牽著雨蘭的手，走到樹蔭下的岩石，坐下來休息，並享用崁仔頂教友為他們準備的餐點。兩人都是第一次吃到漳州人用米做的粿條，覺得很特別而好吃。

若望常在雞籠海邊看雞籠杙，他還取了「金字塔嶼」的名字。此時，他牽著雨蘭的手，登上金字塔嶼的尖頂。

若望看著雞籠方向：「這裡的山，比雞籠的山還高。」雞籠（和平島）最高點海拔六十一公尺，雞籠杙最高點海拔一百八十二公尺，高了三倍，也較陡峭。

雨蘭說：「這裡很美，但沒有住人。」

兩人在山坡百合花叢旁的岩石上坐下來，面向大海，若望依然牽著雨蘭的手。

若望腦海突然浮出一年前的情景，那是艾斯奇維神父前往日本的前一晚，他跟艾斯奇維神父坦承愛上雨蘭，並說要再等幾年才向雨蘭告白。

當時艾斯奇維神父還開玩笑：「你怎麼知道雨蘭將來也會愛上你？」

現在若望覺得心裡甜蜜，他在心裡跟艾斯奇維神父說：「我想雨蘭一定會愛上我，就像我也一定會愛上她。」

山上寶訓

在金字塔嶼的山上，雨蘭跟若望說：「耶穌在山坡上，講道給追隨祂的人聽。」

若望說：「哇！妳現在都直接閱讀聖經了？」

「整本聖經太厚了，神父教我從《瑪竇福音》讀起。」

「那妳跟我說，妳從《瑪竇福音》看到什麼？」

《瑪竇福音》中的「山上聖訓」（登山寶訓），提到「真福八端」（天國八福），就是耶穌祝福的八種人：心靈貧乏的人、哀慟的人、溫良的人、飢渴慕義的人、憐憫人的人、內心潔淨的人、締造和平的人、為義而受迫害的人。

雨蘭說：「我看到耶穌祝福這八種人，我就流淚了。」

若望想不到雨蘭會有這樣的反應，就問：「為什麼？這八種人有什麼特別？」

雨蘭說：「這八種人，其實可以分成兩種，一種是值得同情的人，一種是值得鼓勵的人。」

若望沒聽過這樣的說法，就請雨蘭繼續講下去。

「世上有太多需要安慰的人，他們必蒙天主安慰。」雨蘭說：「世上也有很多在實踐公義、憐憫、和平的人，他們必蒙天主祝福。」

若望握住雨蘭的手：「阿門！」

雨蘭說：「我也希望做內心潔淨的人，因為我想看見天主。」

若望聽了，非常感動，眼眶都紅了，心想：「軍中的天主教徒，甚至教會的神職人員，為什麼不像雨蘭以單純的心來看耶穌的教導？」

「耶穌還教我們不要為生活憂慮。」雨蘭說：「天主連飛鳥、百合都照顧，何況我們？」

《瑪竇福音》第六章第二十五節起有關耶穌的教導：「不要為你們的生命憂慮吃什麼，或喝什麼；也不要為你們的身體憂慮穿什麼。難道生命不是貴於食物，身體不是貴於衣服嗎？」

「你們仰觀天空的飛鳥，牠們不播種，也不收穫，也不在糧倉裡囤積，你們的天父還是養活牠們，你們不比牠們更貴重嗎？」

「你們觀察一下田間的百合花怎樣生長，它們既不勞作，也不紡織，可是我告訴你們，連撒羅滿（所羅門王）在他極盛的榮華時代所披戴的，也不如這些花中的一朵。」

若望聽雨蘭講到耶穌所說「不要為生活憂慮」的教導，他覺得受到了啟發。他想到這是耶穌最具宗教性的教導，就說：「耶穌教我們要有信心，不必憂慮生活，先求天主的義德，天主就會照顧。」

「耶穌說不要為明天憂慮，因為明天有明天的憂慮，一天的苦足夠一天受的了。」雨蘭說：「我們馬賽人就是這樣想的。」

「沒錯！」若望笑著說：「我也喜歡馬賽人的樂觀。」

沒人居住的雞籠杙，百合開得比雞籠更加茂盛，雨蘭說要多採一些回家，也送給天賜、喜子。

若望看到雨蘭在百合花叢裡，裸露的乳房與聖母的百合一樣聖潔，心想：「原來真愛可以超越情慾。」

颱風

艾爾摩沙與菲律賓都有颱風，每年的夏天、秋天是颱風季節。西班牙沒有颱風，若望在在菲律賓時間太短也沒看過颱風，他在雞籠遇見幾次小颱風，也領教一次大颱風掀起的狂風暴雨和驚濤駭浪。

侵襲艾爾摩沙的颱風，大都來自北太平洋西部，少數來自南中國海，每年約三、四次，帶來雨量，但也可能帶來災害。

若望聽雞籠的馬賽人說，有一種像狗尾巴的草，叫做「颱風草」，葉面有摺痕，數一數有幾個摺痕，就可預測當年有幾次颱風。

若望聽了很好奇，剛好看到雨蘭和地娜路過要回家，就問她們「颱風草」是真的假的？

「真的！」地娜說：「聽說很準。」

「真的！」雨蘭也同意。

若望心想：「難道氣候與植物生長有神祕關係？」

結果，雨蘭接著說：「每個地方、每片葉子的摺痕數會不一樣，如果你仔細找，你要幾個摺痕的葉子都可找到。」

若望聽了，哈哈大笑說：「真的！這樣一定會有預測準確的颱風草。」

雨蘭請地娜先回家，她帶若望走到山邊草叢中，找到了「颱風草」，就請若望仔細數一數葉子上有幾個摺痕。

「只有一個摺痕！」若望說：「幸好今年只有一次颱風。」

一六三四年六月，雞籠來了一次小颱風，但一直到八月中都沒有颱風，若望本來以為今年的「颱風草」很準了。結果，八月底竟然來了一個大颱風，造成雞籠重大損失，這是若望在雞籠八年來所見最大的颱風。

雞籠島上很多樹木被吹倒，岸邊很多船被吹到雞籠港，有的船還互相碰撞壞了。巨風掀起的大浪打到岸上，也造成房舍嚴重損害，諸聖堂的門窗被吹壞漏水，馬賽人、華人很多房舍的屋頂被吹走。

雨蘭家的房子倒塌，若望獲知後，從聖救主城冒著風雨衝出來，帶雨蘭和地娜到聖救主城內的臨時收容所。然而，即使躲在城內，還是聽到颱風的怒吼。

若望看雨蘭和地娜似乎心情平靜，就問她們：「妳們不怕嗎？」

地娜說：「我們遇過很多次大颱風帶來傷害，但我們都會再站起來。」

若望跟雨蘭說：「颱風過後，我會帶人去幫妳們修理房子。」

雨蘭說：「沒關係，我們族人會互相幫忙修理房子。」

颱風過後，若望就出來巡視聖救主城。聖救主城以石材建造，四個稜堡已全部完工，看來雖然堅固，但城牆仍有破損。

若望抬頭看，城牆上的國旗連旗桿都被颱風吹走了。他再往下看，原來掉落在岸邊的海水中了。

若望走到城堡岸邊，彎腰把海水中的國旗和旗桿撿起來，然後揮手叫士兵過來，趕快把國旗重新插在城牆上。

若望從風災想到戰爭，大颱風一定會來，就像西班牙與荷蘭在艾爾摩沙的戰爭也無法避免。

第12章

噶瑪蘭

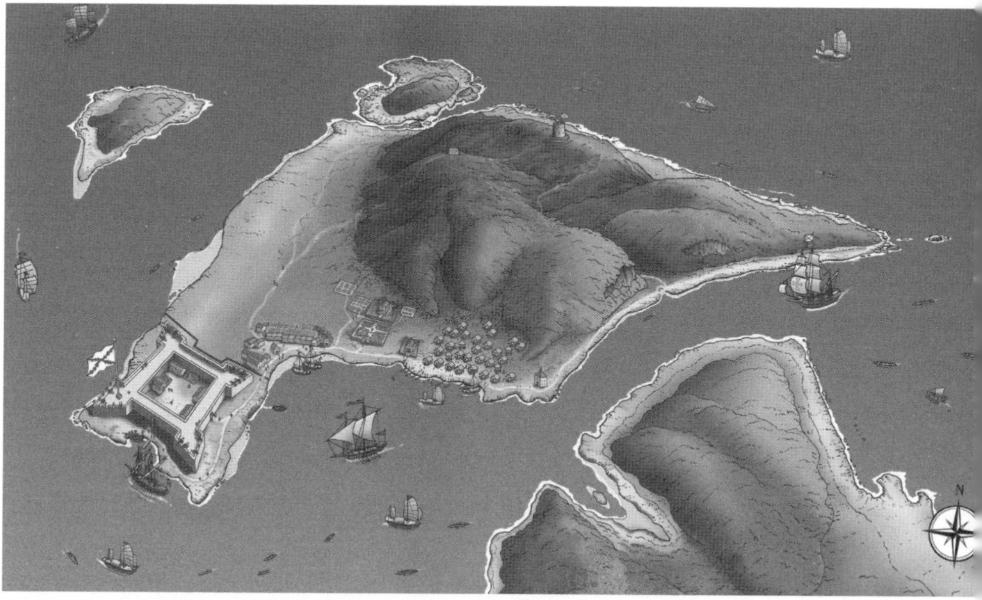

雞籠，一六三五年八月三十日

敬愛的保祿神父：

艾斯奇維神父已失聯兩年多了，我開始轉念，不再為他悲傷，因為我相信天主已經安排他去最美好的地方了。

雞籠長官羅美洛決定派兵進駐艾爾摩沙東海岸的噶瑪蘭，有一個很大的原因：如果荷蘭人先占領噶瑪蘭，將會阻斷馬尼拉與雞籠、墨西哥阿卡普科的交通命脈。為此，我們出動西班牙軍隊，又徵召淡水馬賽人，組成好幾百人的艦隊，前進噶瑪蘭，並在那裡駐兵。對了！我升少尉了，軍階愈大，雖然權力愈大，但責任也更大了。

噶瑪蘭地區很大，以我們現在的人力、財力，根本無法統治。我感覺西班牙的國力在衰退中，與荷蘭的對抗似乎逐漸趨向守勢。果真如此，那也沒有辦法，我們總要面對現實。

對西班牙人來說，在美洲挖到銀礦快速致富的經驗，也希望在艾爾摩沙重現吧！然而，哆囉滿的黃金傳說，看來真的就只是傳說，而噶瑪蘭甚至沒有黃金傳說。

但我認為，噶瑪蘭是有山、有海、有河流的好地方，不但有溫泉還有冷泉，不但不缺水還有廣大的平原，如果善加利用，一定可以成為農漁產豐富的天堂。

噶瑪蘭人與馬賽人是不同的民族，西班牙人還要多去了解。所以我總會想起艾斯奇維神父，他是天主的使者，最懂得與土著溝通。

我看到噶瑪蘭女人用香蕉樹的纖維編織香蕉衣，很特別的手工藝。我買了香蕉衣送雨蘭，她很高興。我只要看到她笑，似乎就沒有煩惱了。

我跟你說過，我對雨蘭的感覺，交雜著愛戀、情慾和神聖，艾斯奇維神父開玩笑說是「三位一體」。我後來告訴自己，雨蘭畢竟還是少女，我不能因私心而急著告白和占有，真愛應該順其自然，也相信天主自有安排。

雖然我沒有跟雨蘭告白，但我感覺我們之間已經有了微妙的愛情。我們牽手、擁抱，不必說愛，愛就在不言中。

羅美洛長官似乎很欣賞我，他知道我已經駐守雞籠九年，問我要不要調回馬尼拉？甚至還可以讓我回塞維亞度假。雖然我會想念你和家人，但我感覺我的責任未了，尤其現在看到西班牙在艾爾摩沙似乎每況愈下，我希望可以為國家和教會多做一些事。

以聖吻請安

若望

進軍噶瑪蘭

一六二六年五月，西班牙艦隊從菲律賓北上，沿著艾爾摩沙東海岸來到雞籠，中途經過噶瑪蘭，已經了解這個地區在軍事、物產上的重要性，但因範圍太大，西班牙人想要統治恐怕力有未逮。

然而，西班牙因擔心荷蘭人可能搶先占領噶瑪蘭，所以必須採取行動。另外，近年來，西班牙船在經過噶瑪蘭海域時，因船難或靠岸避風，常與噶瑪蘭人原住民發生衝突，甚至互相殺害，所以也要解決這個問題。

一六三五年春，雞籠長官羅美洛終於決定把噶瑪蘭納入勢力範圍。他派安德列斯上尉帶領兩百名士兵，並徵召兩百名淡水馬賽人弓箭手，組成有戰船（槳帆船）、補給船的艦隊，從雞籠進軍噶瑪蘭，並準備在噶瑪蘭駐兵。

淡水馬賽人與噶瑪蘭人早有往來，已有淡水馬賽人移居噶瑪蘭海岸，噶瑪蘭海岸也通行馬賽語。

在歷任雞籠長官眼中，若望不但忠誠、認真、負責，而且能講馬賽語，與雞籠的華人、菲律賓人也溝通無礙。因此，羅美洛長官把若望上士的軍階升為少尉，以執行進軍噶瑪蘭的任務。

若望少尉接下任務，他向去過噶瑪蘭的馬賽人收集情報，規畫此次航行要停靠的聖雅各伯、溫泉聚落（今礁溪）、馬拉不里戈島（今龜山島）、聖羅倫佐等地點，提供給羅美洛長官參考。

若望少尉向羅美洛長官報告：噶瑪蘭跟雞籠一樣多雨，但有很多溪流及廣大平原，可種植稻米等糧食，提供給欠缺米糧的雞籠。另外，西班牙船往來菲律賓和雞籠，以及橫越太平洋到墨西哥阿卡普科，都必須經過艾爾摩沙東海岸，尤其前往雞籠不能離海岸太遠，否則可能被黑潮帶到日本，所以必須管控噶瑪蘭海岸，以免被荷蘭人占領。

噶瑪蘭遠征艦隊出發前，若望來找雨蘭，告知噶瑪蘭之行，並說中途會停靠奇宛暖。若望第一次擁抱雨蘭，跟她說可能要離開好一陣子。

「請幫我問候麻依、麻吉。」雨蘭說：「當年艾斯奇維神父講的小教堂，已經建好了。」

地娜聽說若望要去奇宛暖，就委託若望帶些布匹、銀幣當禮物，送給她的父母。

猴岬與聖雅各伯

由安德列斯上尉擔任司令的噶瑪蘭遠征艦隊，從雞籠南岸的水道出發，繞過艾爾摩沙東北角，沿著東海岸南下。

不久，艦隊經過第一個航海指標「猴岬」（西班牙語 Punta de Monos，今鼻頭角）。原來，西班牙人在海圖上以「猴」（Mono）為此岬角命名，因為從船上看到此岬角的岸上有很多猴子。

艦隊繼續沿著海岸前進，遠遠就可以看到艾爾摩沙最東的「聖卡塔利娜岬」（今三貂角岬角），在此岬角之前的聚落就是「聖雅各伯」了。

聖雅各伯的馬賽人，多年來一直與西班牙人相處融洽，安德列斯上尉一行人下船後，當地的馬賽人長老出來接待，帶領大家參觀。

幾年前艾斯奇維神父提議在此建一間「聖多明哥堂」小教堂，已經完工啟用，從雞籠來的荷西神父在此傳教，吸引很多信徒，雨蘭的麻依、麻吉也會來做彌撒、聽講道。

若望找到麻依、麻吉，拿出地娜給他們的布匹、銀幣，跟他們說：「地娜和雨蘭很想念你們，歡迎你們去雞籠玩。」

麻依、麻吉已聽說艾斯奇維神父在日本失蹤的事，麻依安慰若望：「我很懷念艾斯奇維神父，我會為他禱告。」

若望又聽到有人提起艾斯奇維神父，不禁紅了眼眶，心想：「他接觸過的人，都會懷念他。」

安德列斯上尉覺得聖雅各伯的地理位置很重要，位於雞籠與噶瑪蘭海岸之間的轉角處，具有聯繫的功能，決定派兵在此駐點。

溫泉聚落

艦隊離開聖雅各伯，進入大弧度的「聖卡塔利娜」（Santa Catalina）海灣，航行到大海灣近中心處，船上馬賽人建議停靠這個有名的港口（今烏石港），港灣內有一塊黑色的大礁石。

安德列斯上尉坐鎮在可載七十人、配備大砲的槳帆船上，他下令往岸上發砲，以威嚇來展示西班牙軍隊的到來。

根據馬賽人提供的消息，噶瑪蘭最大的土著聚落，就在這個港口附近一處有溫泉的地方（今礁溪）。

隨後，安德列斯上尉帶領軍隊步行前往噶瑪蘭土著聚落。當地噶瑪蘭人聽到砲聲，看到西班牙軍隊來到，擔心發生衝突，就由聚落長老萬枝出來接待。

安德列斯上尉送菸草、煙斗給萬枝長老當禮物，並用西班牙銀幣購買米糧和肉脯、魚乾。他告訴萬枝長老：「西班牙人需要米，噶瑪蘭人以後可以直接運米到雞籠賣給我們。」

「這樣很好！」萬枝長老說：「我們可以交易，不要互相攻擊。」

「西班牙人也希望跟噶瑪蘭人和平相處。」安德列斯上尉說：「我們會在這裡的海岸駐兵，並向噶瑪蘭人傳教。」

春天的噶瑪蘭還有點冷，而且下著小雨，萬枝長老帶大家到野溪泡溫泉。淡水馬賽人說：「這裡的溫泉沒有味道，不像我們那裡（金包里）的溫泉有硫磺味。」

若望走到溫泉聚落參觀，看到噶瑪蘭女人在做手工藝品，他問了一下，就拿出銀幣來買，準備送給雨蘭和地娜做禮物。

馬拉不里戈島

艦隊繼續從艾爾摩沙東海岸南下，前往目的地聖羅倫佐，航行途中，左方海上有一個大島。

這個大島，艦隊從進入聖卡塔利娜海灣就可看見，開到海灣的中心處，一位馬賽人說：「這個島看起來很像烏龜。」

若望少尉從船上目測此島，距離最近海岸不到二里格（西班牙語 leagua，一里格約五．六公里），就建議前往探查一下，看看島上有無資源？有無港灣？是否有人居住？

安德列斯上尉下令艦隊暫停前進，派若望少尉帶兵以小船登島踏查，快去快回。

若望少尉的小船划向烏龜之島，發現此島海域有大量魚群，並有很多鯨魚、海豚出沒，十分壯觀。

若望少尉一行人登島探查，發現此島無人居住，似有火山活動，可能噴發熔岩，並有海底溫泉湧出水面。若望少尉研判，此島跟雞籠一樣在冬天也有東北季風侵襲。

若望少尉馬上回來報告，安德列斯上尉聽了，他認為此島沒有避風、停泊的功能，就為此島命名「馬拉不里戈島」（西班牙語 Malabrigo），標示在海圖上。

西班牙語 Abrigo 有隱蔽、遮蓋、保護、躲避的意思，Mal 指不當的、錯誤的，所以 Malabrigo 的意思就是「不當的避難所」。

馬賽聚落

噶瑪蘭艦隊在接近聖羅倫佐時，船上的馬賽人建議停靠一下，參觀這裡的馬賽聚落。

原來，早年就有一些淡水馬賽人遷居到此，並逐漸形成聚落，就以「馬賽」（Basai）為聚落命名（今蘇澳馬賽），這裡還有馬賽溪、馬賽港。

若望少尉想起他在一六三二年的哆囉滿尋金任務，就說：「哆囉滿海岸也有馬賽人的聚落。」

一位馬賽人說：「馬賽人善於航海，在噶瑪蘭、哆囉滿都有馬賽人移居的聚落。」

另一位馬賽人說：「馬賽人也善於交易，所以在雞籠可以買到哆囉滿的黃金。」

若望少尉說：「馬賽人和西班牙人都善於航海，但馬賽人比西班牙人還會做生意。」

馬賽人聽了，都說若望少尉講話有趣。

若望少尉想起艾斯奇維神父曾經說過：「傳教一定要學講有趣的話，因為大家都喜歡講話有趣的人。」

若望少尉又想了一下，跟馬賽人說：「對馬賽人來說，海不是阻隔，而是道路。」

聖羅倫佐港

噶瑪蘭遠征艦隊終於抵達以「聖羅倫佐」命名的大港！西班牙人之前已有初步探查，探查報告指聖羅倫佐港（今蘇澳港）是艾爾摩沙東海岸最好的天然良港。

依據雞籠長官羅美洛的指示，安德列斯上尉在考察後，確定聖羅倫佐港的重要功能。

在艦隊的軍事會議中，安德列斯上尉說：「西班牙船隊往來馬尼拉與雞籠之間，或是西班牙加利恩帆船太平洋航線從馬尼拉回阿卡普科的行程，都會經過聖羅倫佐港海域，此港不但水深，入口處還有山丘屏障強風，成為最好的避風港。」

安德列斯上尉又說：「由於荷蘭人的威脅，聖羅倫佐港是馬尼拉與雞籠之間的中途站與戰備港。西班牙補給船從馬尼拉前往雞籠途中，可在此港停留，確認雞籠未受荷蘭人攻擊後，再把貨物運往雞籠。」

因此，安德列斯上尉下令留下部分軍隊，長期駐守聖羅倫佐港。

若望少尉帶兵前往探查附近的環境和聚落，發現這裡的地底會冒出無色無味的冷泉，泉水中還有氣泡。

當天的天氣很熱，若望少尉准許一些士兵要求脫衣泡冷泉。他們下水後，大喊很涼很舒服，還有人試喝冒泡的泉水。

西班牙語「聖羅倫佐」（San Lorenzo）的地名，後來的福建漳泉移民把Lorenzo音譯「路連蘇」（lōo-liân-soo），稱之「路連蘇澳」，「澳」在漳泉語指港灣。結果，「路連蘇澳」被簡化為「蘇澳」，這可能就是蘇澳地名的由來。

香蕉衣

噶瑪蘭遠征艦隊完成任務返回雞籠，若望馬上去雨蘭家，把他在噶瑪蘭溫泉聚落買的禮物，送給雨蘭和地娜。

地娜打開禮物，看到兩套土黃色的上衣和裙子。雨蘭看了很高興，馬上拿去試穿。

「這叫香蕉衣！」若望說：「噶瑪蘭女人用香蕉樹做成的。」

地娜說：「是的！我以前在奇宛暖看過，但沒有穿過。噶瑪蘭女人善於編織，她們先把香蕉莖剝成絲，經過曬乾、捻線，再拿來編織袋子、衣服。」

若望好奇地問：「這種質料穿起來會不會太硬？不像布那麼軟。」

地娜說：「香蕉衣耐穿，而且透氣。」

此時，雨蘭穿著香蕉衣走出來，跟地娜說：「我們只會吃香蕉，或是用香蕉葉包東西，噶瑪蘭人還懂得用香蕉樹做衣服，真聰明啊！」

若望看著雨蘭，小聲地讚美：「妳穿香蕉衣真美！」

雨蘭把若望拉到一旁說：「你離開雞籠後，我就想念你，一直希望你早點回來。」

雨蘭老師

一六二六年雨蘭六歲，開始在雞籠島上的「西班牙學校」上課，跟神父、修士們學習西班牙的語言、宗教、文化，她一直是班上最認真的學生。

雨蘭十二歲時，已經能夠用西班牙語跟西班牙人溝通無礙，所以開始有馬賽人、西班牙人找她幫忙翻譯。如果有西班牙人想學馬賽語，大家也都推薦找雨蘭當老師。

現在，雨蘭快十六歲了，擁有馬賽語、西班牙語雙語能力。在西班牙學校，她不但是神父最好的助教，也可以教導馬賽人、華人的兒童，以及西班牙軍人與馬賽女人所生的混血兒，所以大家開始叫她「雨蘭老師」。

一六二六年從馬拉尼來的華人通譯阿福，在一六三五年回馬尼拉後，雞籠馬賽人聚落長老波那與西班牙人談公事時，就常找雨蘭陪同翻譯。

波那長老曾公開稱讚雨蘭說：「雨蘭講西班牙語不輸阿福，講馬賽語則比阿福好太多了！」

艾斯奇維神父在一六三二年以馬賽語（羅馬字拼音）編寫的《淡水語辭彙》、

《淡水語教理書》（一六四五年才在馬尼拉出版），雨蘭也幫上了忙。

在天主教的教理上，雨蘭讀過《淡水語教理書》後，艾斯奇維神父就叫她直接閱讀西班牙語《聖經》，並從《瑪竇福音》下手。

此外，當年艾斯奇維神父給若望閱讀的兩本西班文書《西印度毀滅述略》、《唐吉訶德》，還留在雞籠，所以若望就拿給雨蘭閱讀。

若望稱讚雨蘭：「在艾爾摩沙，妳是西班牙語講得最好的本地人！」

第13章

菸草島

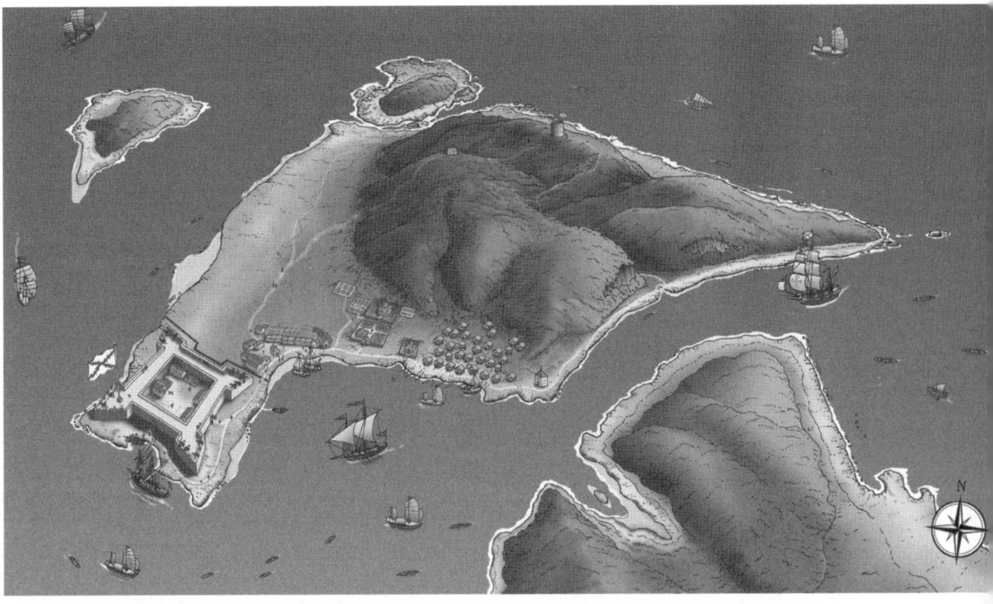

雞籠，一六三六年六月六日

敬愛的保祿神父：

西班牙人雖然對艾爾摩沙的黃金夢暫時落空，但不會放棄尋找珍貴礦產的機會。艾爾摩沙東海岸有一個菸草島，新任雞籠長官赫南德茲派我去探查島上是否產銀？感謝天主，真是一次奇妙的經驗！

菸草島的土著達悟人，擁有非常獨特的飛魚文化和造船文化，他們遵守祖先留下來的傳統，每年只在春夏之間的幾個月，用自己製造的船出海捕飛魚，這樣才有源源不絕的飛魚。

菸草島上的銀，原來是達悟人在近海沉船內撿來的，其中也有西班牙銀幣。他們還熔成銀盔，讓勇士們戴在頭上，非常神氣。

我要坦白地說，我真的希望菸草島不產銀，否則西班牙人和荷蘭人來了，達悟人還能活嗎？

我用西班牙銀幣跟達悟人買了土產，也跟他們交了朋友，希望為西班牙人留下好的名聲。

我在菸草島時，位在艾爾摩沙西海岸的拉美島，傳來全島一千餘名土著被荷蘭人屠殺、清空的事件。原來，拉美島上有個很大的岩洞，土著為了逃避荷蘭人而躲到洞裡，結果荷蘭人在洞口煙燻把他們悶死。

為什麼荷蘭人會做這種傷天害理的事？就是為了報復幾年前有荷蘭人在此發生船難被土著殺害。荷蘭人還有更邪惡的計謀，就是準備把島上的土著清空，再把土地出租給華人利用。

這幾年來，艾斯奇維神父教我反思：自十五世紀以來，歐洲人航海世界各地，發現很多處女地，因占領土地而傷害很多土著，甚至發生屠殺、滅族，這是不公不義的事。

但我沒想到，在艾爾摩沙也不例外，拉美島大屠殺就是一個血淋淋的例子。歷史上這種「文明」與「野蠻」的戰爭，很難只用文化差異來解釋。信仰天主的荷蘭人，即使認為土著殺人甚至吃人肉該遭天譴，但需要以滅族來報復嗎？天主的公義在哪裡呢？

我在菸草島上發現一種長得像蝴蝶的白色蘭花，就帶回來送給雨蘭。我也講述拉美島土著不幸的遭遇給雨蘭聽，她聽了就流淚，滴落在白花上，有如聖母之淚。我會愛上雨蘭，就是愛上她有聖母般的同情心。

以聖吻請安

若望

菸草島任務

一六三六年，新任雞籠長官赫南德茲（Francisco Hernández）打開海圖，指著呂宋島上方、艾爾摩沙東海岸的一個島嶼，標示 Tabaco Sima，他請若望少尉過來看，直接就跟若尉少尉說：「我想派你去探查這個島嶼！」

Tabaco 是西班牙語「菸草」，Sima 是日文「島」（しま）的標音，十七世紀初葡萄牙、西班牙的海圖上標示 Tabaco Sima，直譯就是「菸草島」，但赫南德茲長官和若望少尉都不知道島名由來。

西班牙人自一五六五年新闢橫渡太平洋的航線，航行西班牙殖民地墨西哥阿卡普科與菲律賓馬尼拉之間，回程從菲律賓順著北赤道洋流（黑潮）北上，經過艾爾摩沙東海岸時，就會看到「菸草島」（今蘭嶼），但對此島所知不多。

若望少尉向赫南德茲長官報告，荷蘭人繞過艾爾摩沙南端到哆囉滿，也會經過菸草島，但根據馬賽人的情報，荷蘭人並未去過菸草島。

「傳說菸草島有銀。」赫南德茲長官說：「不知道還有沒有其他物產？」

「我也聽說那裡有銀的傳聞了！」若望少尉說：「我願意帶兵去探查菸草島，看那裡是否有銀礦？」

赫南德茲長官跟若望少尉說：「你已經去過哆囉滿、噶瑪蘭，我相信你必能完成探查菸草島的任務。」

若望接下菸草島尋銀任務後，就來跟雨蘭道別：「這次要去比噶瑪蘭、哆囉滿更遠的島嶼。」

雨蘭問：「馬賽人傳說有銀的菸草島嗎？」

若望說：「是的！妳總是能夠猜到雞籠長官的心思。」

「記得我們在雞籠杙看到飛魚嗎？」雨蘭說：「馬賽人去過菸草島，那裡飛魚更多。」

若望擁抱雨蘭說：「我會每天想念妳。」

雨蘭說：「我會等你平安回來。」

達悟人

一六三六年四月，若望少尉率領二十位士兵組成探險隊，搭船從雞籠出發前往菸草島。

在探險隊中，若望少尉找了幾位菲律賓士兵，他們來自呂宋島東北部卡加煙省（Cagayan）的港口阿帕里（Aparri），可以跟菸草島土著溝通。若望少尉還找了一位雞籠馬賽人馬帝擔任嚮導，他曾去過菸草島。

在船上，若望少尉詢問菸草島的土著和文化，馬帝說：「菸草島的人自稱Tau（達悟），我們馬賽語也稱他們為Tau。」

馬帝又說：「達悟男人穿的短褲很小，臀部都露出來了。」

「達悟人有對外往來嗎？」

「達悟人常與呂宋島北方島嶼的菲律賓人往來，菲律賓話可以溝通。」

「我聽說了！」若望少尉說：「我們的士兵中就有幾位呂宋島北端的菲律賓人，可以幫忙翻譯。」

若望少尉再問：「菸草島上有什麼物產？達悟人靠什麼生活？」

「達悟人種植芋頭。」馬帝說：「海裡有魚，會飛的魚。山上有羊，在懸崖邊的羊。地上有豬，較小隻的豬。」

「菸草島上產銀嗎？」

「我只去過一次，真的看到很多銀，但我不知道達悟人的銀從哪裡來的？」

若望少尉心想：「我希望那裡沒有銀礦，否則達悟人會有災難。西班牙人都想到要來探查了，荷蘭人會沒想到嗎？」

銀盔

第三天，若望少尉一行人抵達了菸草島。

下船之前，若望先叫馬帝拿著菸草、煙斗當禮物，並請兩位菲律賓士兵陪同，前往達悟人的聚落，告知西班牙人來訪的善意。

不久，馬帝帶著菸草島聚落長老藍波安走出來，後面跟著幾位穿著露臀短褲、拿著長矛的達悟勇士。

「啊！銀盔！」若望少尉一眼就看到達悟勇士頭上戴著閃閃發亮的銀盔。

若望少尉及士兵下船後，達悟人第一次看見西班牙士兵，發現他們頭上也戴銀盔，就一直盯著看。

若望少尉直接問藍波安長老：「你們的銀盔怎麼來的？」

「海裡很多沉船，我們撿到很多銀塊和銀幣，也有幾個銀盔。」藍波安長老說：

「我們也會把銀幣和銀塊熔化做成銀盔。」

原來，當時中國、日本的貨幣都是白銀，加上西班牙銀幣，所以沉船裡有銀是合理的說法。

若望少尉從身上拿出一個西班牙銀幣，再問藍波安長老：「你們撿到的是這種銀幣嗎？」

藍波安長老看了說：「沒錯！其中有這種銀幣，但你這個銀幣比較亮。」

「我的銀幣沒有泡過海水，所以比較亮。」若望少尉笑著說：「這個很亮的銀幣就送給你，當做我們見面的禮物！」

拼板舟

藍波安長老帶若望少尉一行人參觀達悟人聚落，首先看到的是兩端向上翹的船，有大有小，顏色鮮豔。

藍波安長老介紹，這是達悟人以木板拼成的「拼板舟」，木板以島上多種堅硬的樹木做成，一至三人坐的小船叫 Tatala，六至十人坐的大船叫 Cinedkeran。

藍波安長老說：「每艘船需要兩至三年時間完成。」

「那裡有一艘船特別大，可以坐幾十個人吧！」若望少尉指著港灣一艘巨大的拼板舟。

藍波安長老說是的！「那是我們動員全村人來做的大船。」

若望少尉跟馬帝說：「達悟人的拼板舟，馬賽人的獨木舟，兩種完全不同的船啊！」

馬帝說：「看來拼板舟需要比較精細的工藝。」

若望少尉發現，每艘拼板舟的船頭船首、左右兩側，都有紅黑兩色的圓形圖騰，看來很像眼睛，也像太陽的光芒。

若望少尉問：「那是眼睛的圖騰嗎？」

藍波安長老說：「是的！我們稱之船之眼（mata no tatala），mata是眼睛的意思。」

馬帝說：「Tatala（拼板舟）的眼睛?馬賽語、噶瑪蘭語、菲律賓語的眼睛也都叫mata。」

「啊！船的眼睛。」若望少尉說：「有眼睛的船一定很厲害，不會迷航。」

「船之眼在海上導引方向、驅除惡魔，讓船航行安全。」藍波安長老說：「船之眼也會幫忙尋找飛魚，讓船滿載而歸。」

飛魚

每年三月至七月是菸草島的飛魚季節（rayon），若望少尉一行人剛好來對時間，可以看到達悟人捕獲飛魚，有人正在曬飛魚乾。

藍波安長老介紹，每年的春夏之間是飛魚（alibangbang）成熟的季節，達悟人只在這個時期捕捉飛魚，其他時間就讓飛魚休息，這樣才能每年都抓到飛魚。

若望少尉說：「把這個時期捕捉的飛魚曬乾，這樣全年都有飛魚可吃了！」

藍波安長老說：「是的，這是我們祖先的教導。」

「飛魚會飛到空中，好抓嗎？」

「每個達悟男子都是抓飛魚的高手，因為他們從小就要學習，直到成人。

在菸草島，每個達悟男子都要自己造拼板舟，所以從小就要認識做木板的各種樹木，再學習做成拼板舟的木板，最艱難的是如何把二十幾塊不同的木板拼成一艘船。在此期間，他們也學會游泳、潛水，觀察潮流、氣象，以及分辨海浪的種類和等級。最後，他們造的拼板舟還要舉行下水祭典，才能正式加入捕飛魚的行列。

苦望少尉非常欣賞和佩服達悟人的文化，他跟士兵們說：「飛魚游入了達悟人的生活裡。」

一位西班牙士兵突然問：「海裡那麼多種魚，達悟人不會只吃飛魚吧？」

「你以為我們是傻瓜嗎？」藍波安長老笑著說：「我們當然也吃別種魚，但只有飛魚是神聖的魚。」

山羊與蘭花

若望少尉問藍波安長老：「菸草島很小，有野生動物嗎？」

「羊！」藍波安長老指著山丘，請大家跟他上山看羊。

大家上山後，看到懸崖邊有很多山羊。若望少尉問：「達悟人獵山羊嗎？」

藍波安長老說：「達悟人除了捕魚，也是射箭高手，但我們大都只在祭典時才獵羊吃羊肉。」

若望少尉在山上看到一種很像蝴蝶的白花，藍波安長老說這是蘭花（Gociozang），開花很久都不會謝掉。原來，這是臺灣原生種的白色蝴蝶蘭。

若望想到雨蘭喜歡採野花回家，他聞了白色蝴蝶蘭的香味，開始想念雨蘭，心中覺得甜蜜。

晚餐時，藍波安長老不但請客人吃飛魚等海產，還特別招待羊肉，大家吃得很高興。

若望少尉很感動，他問藍波安長老：「我們可以用銀幣買你們的飛魚和羊肉嗎？」

「當然可以！但不能買多。」藍波安長老說：「達悟人要跟西班牙人做朋友。」

拉美島大屠殺

若望少尉一行人在菸草島待了幾天，遇見從「拉美島」（荷蘭語 Lamey，今屏東小琉球）來的一對夫妻，他們從家鄉逃出，划船繞過艾爾摩沙南端來到了菸草島，揭發荷蘭人在拉美島的大屠殺事件。

原來，在福爾摩沙南部大灣的荷蘭人，為了報復十多年前拉美島土著殺害荷蘭水手，出兵攻擊拉美島。

一六二一年，荷蘭商船「金獅子島」因逆風而暫時停靠拉美島，水手上岸取水，結果被島上土著殺害。

荷蘭人在一六二四年占領福爾摩沙南部後，為了報復金獅子島號事件，在一六三三年十一月派艦隊討伐拉美島。拉美島是有洞穴地形的珊瑚礁島嶼，荷蘭士兵看到土著都躲到洞穴裡，無法攻入，就燒光房舍後離開。

一六三六年四月，荷蘭人再度派兵討伐拉美島，這次有備而來，不但發砲攻擊，還以煙燻躲在洞穴裡的土著。三天之後，有幾十個人爬出洞穴，多數是婦人和小孩。再過幾天，荷蘭士兵等到洞穴內完全沒有動靜後，才走進洞裡搜查，結果看到三百具因窒息死亡而發臭的屍體。

拉美島人口約一千餘人，經此一役，有四百多人遇害，六百多人被發配到大灣、雅加達當勞工，女人則成為荷蘭人的家奴，有些小孩被荷蘭人收養。荷蘭人清空拉美島上的土著，再把土地承租給華人利用。

若望少尉請達悟人幫忙翻譯，他詢問逃出來的拉美島夫妻：「荷蘭人如何煙燻、害死你們的族人？」

拉美島男子說：「荷蘭人在洞口燒煤炭、硫磺。」

若望再問：「你們兩人如何逃出來？」

拉美島男子說：「我們來不及躲進洞穴，就跑到附近隱密的地方，觀察情況，後來又在海邊躲藏幾天，找機會才逃出來。」

拉美島女子淚流滿面說：「我們無法回家了！」

若望聽了，眼眶泛淚，他想起艾斯奇維神父的慈愛，就觸摸掛在胸前的金十字架，心想：「艾斯奇維神父拚命也會阻止軍隊屠殺土著！」

若望拿了幾個西班牙銀幣送給這對拉美島夫妻，跟他們說：「願天主眷顧你們。」

離開菸草島那天，若望少尉整隊後，向藍波安長老及達悟勇士行軍禮道別。若望少尉還送給藍波安長老一個銀十字架紀念，見證西班牙人與達悟人的友誼。

菸草島報告

若望少尉帶領菸草島探險隊完成任務回到雞籠，隨即前往聖救主城，向赫南德茲長官報告。

若望少尉看到赫南德茲長官正在抽煙斗，隨口就說：「菸草島不產菸草，但當地的達悟人喜歡菸草，好像土著都喜歡菸草。」

「我也喜歡菸草，好像人類都喜歡菸草。」赫南德茲長官笑著說：「我是好奇菸草島名從何而來？」

「或許是航海者命名。」若望少尉說：「從海上看陽光照射此島，有如抽煙斗裝填菸草點火。」

「島上有銀礦嗎？」

「沒有銀礦，島上數量不多的白銀，取自海邊遇難的沉船，沉船上有中國、日本的白銀及西班牙的銀幣。」

「島上有什麼物產？」

「土著達悟人有獨特的飛魚文化，過著純樸的生活。」

赫南德茲長官對達悟人的飛魚文化很有興趣，他說：「我看過很多歐洲人的航海日記，都描述在海上看到飛魚時的驚喜。」

「雞籠外海也能看到飛魚！」若望少尉說：「飛魚群春天從菸草島往北游上來，夏天在雞籠外海產卵。」

「荷蘭人去過菸草島嗎？」

「沒有，但以後可能會去。」

若望少尉提及荷蘭人在拉美島的大屠殺事件，赫南德茲長官聽了，想了一下才說：「可能軍隊有軍隊的思考。」

「我們可以去菸草島傳教，但不必占領或駐守。」

「菸草島沒有銀礦，又那麼偏遠，當然不必駐兵。」

若望少尉鬆了一口氣，心想：「願天主眷顧菸草島，西班牙人不會再去菸草島，希望荷蘭人也不要去菸草島。」

若望少尉也報告用銀幣跟達悟人買了飛魚乾和鹹羊肉，赫南德茲長官說：「很好，讓部隊吃些不一樣的食物。」

聖母之淚

若望帶著兩尾飛魚乾、一盆蝴蝶蘭，來到雨蘭家。他一進門，雨蘭就抱住了他。

「啊！金黃色的飛魚乾！」地娜說：「陽光曬過的飛魚，一定有特別的風味。」

雨蘭看到從未見過的蝴蝶蘭，很高興地說：「這種白色的蘭花，像蝴蝶一樣美麗，你從那麼遠的地方帶回來，花都沒有凋謝。」

若望說：「達悟人說蝴蝶蘭的花可以開兩個多月，不知道蝴蝶能不能活那麼久？」

雨蘭一手捧著花盆，一手拉著若望走出家門，來到前方的水道旁，兩個人坐下來講話。

若望把他在菸草島的經過，以及對赫南德茲長官的報告，仔細跟雨蘭講了。若望在講述拉美島土著的不幸遭遇時，他看著雨蘭專注而憐憫的神情，與先前赫南德茲長官的面無表情，成了鮮明的對比。

「這是屠殺和滅族！」若望說：「雞籠島才幾百人，拉美島有一千人，不是被殺害，就是被迫離開故鄉，這種事怎麼做得出來？」

「我不敢想像，那些躲在洞裡被煙燻死的人。」雨蘭說：「我也不敢想像，如果雞籠的馬賽人也被殺光、趕走……」

若望看見雨蘭的眼淚滴落在白花上，有如聖母之淚。

第14章

棄守淡水

雞籠，一六三七年九月九日

敬愛的保祿神父：

這是既震撼又諷刺的消息！西班牙人九年前才從雞籠來淡水慶祝新建據點，現在卻宣布棄守淡水，拆除聖多明哥城。

西班牙帝國在一六二六年從菲律賓前進艾爾摩沙的志氣，竟然在十年之後就消沉了。

歷來的雞籠長官都知道，西班牙人在艾爾摩沙的經營不如預期，但都主張把防禦體系做好，以抵擋荷蘭人可能的攻擊，這樣才有另謀發展的機會。

然而，新任菲律賓總督柯爾奎拉顯然不做此想，他以平定菲律賓南部動亂為由，抽調淡水、雞籠的人力回馬尼拉。因此，現在幾乎可以預言，荷蘭人終將攻打雞籠，把西班牙人逐出艾爾摩沙。

雞籠長官赫南德茲出於善意問我要不要調回馬尼拉？但我選擇繼續留在雞籠，希望還有改變命運的機會。教會的想法也跟官方不同，神父們不想背離天主在艾爾摩沙的子民。

我想留在雞籠，當然也是為了雨蘭。現在雨蘭也愛上我了，但我跟聖母承諾要再等幾年，等雨蘭的心智更成熟時，才向她告白。我祈求天主賜予我們恩寵與平安，或許明年雨蘭十八歲，我們就可以成為戀人。

雨蘭常讀《聖經．瑪竇福音》，也會念拉丁文的《聖母經》，正在學念《玫瑰經》。但她還沒受洗，她說她要想清楚才會受洗。神父說天主是唯一的神，但雨蘭似乎認為天主可以化身所有的神、無數的愛，所以她還在思考中。

最後講一件讓我非常驚訝的事！這次菲律賓總督柯爾奎拉下令棄守淡水的命令，其中還包括屠殺十五歲以上的淡水馬賽人，除了報復他們殺害兩位西班牙神父，也要防止他們背叛西班牙人轉為支持荷蘭人。

當時，我彷彿變成艾斯奇維神父的化身，大聲向赫南德茲長官抗議，這樣不就是大屠殺嗎？天主的公義和仁愛何在？

我很想念艾斯奇維神父，雖然他已經離開我四年，卻一直活在我的心中。

以聖吻請安

若望

菲律賓總督的命令

一六三七年，菲律賓總督柯爾奎拉（Sebastián Hurtado de Corcuera）下達給雞籠長官赫南德茲的命令：「拆除淡水聖多明哥城，處死淡水土著十五歲以上男子」，開始要執行了！

若望少尉從赫南德茲長官得知這個消息，十分震驚，可以拆城，但為什麼要殺人？他一邊想：「我能做什麼呢？」一邊也告訴自己：「我一定要做些什麼！」

菲律賓總督為什麼要棄守淡水？遠因在於對中國、日本的貿易不如預期，造成艾爾摩沙無法自給自足，所以決定棄守淡水，暫時保留雞籠。

近因在於菲律賓總督想要征服菲律賓南部大島「民答那峨島」（Mindanao），所以逐步調回淡水守軍，以增加在菲律賓南征的兵力，並減少在艾爾摩沙的開支。

導火線則是淡水土著趁機攻打聖多明哥城，燒毀木造的城堡，並殺害了兩位神父。

若望少尉知道，雖然西班牙的實力已無法在艾爾摩沙繼續擴張，但至少要守住荷蘭人的攻擊，所以近年的雞籠長官羅美洛、赫南德茲，都主張加強防禦。

在雞籠長官赫南德茲召開的內部會議中，他自己就首先抱怨：「我才剛重建聖多明哥城，改為石材，變成堅固的城堡，現在卻要拆除了。」

安德列斯上尉問：「現在的淡水守軍要全部調回馬尼拉嗎？」

赫南德茲長官說：「是的，連雞籠也要減縮人力。」

幾年前，在艾斯奇維神父的努力下，西班牙人與淡水馬賽人和平相處，後來為什麼交惡？甚至想屠殺他們？若望少尉也很清楚。

遠因在於西班牙人對淡水土著印象不好，始於早年高母羨神父等西班牙人可能在淡水發生船難遇害。

近因在於西班牙人後來改變政策，開始向淡水馬賽人徵收米糧，並要求他們對教會奉獻，引起他們的不滿。

導火線則是西班牙人在淡水傳教的問題，淡水有很多馬賽人聚落，有些本來就因宿怨而對立，而神父往來各個聚落，可能因顧此失彼而增加聚落之間的猜忌，為了發洩情緒就殺害神父。

針對雞籠長官赫南德茲轉達菲律賓總督的命令，若望少尉在會議中質問：「不管淡水馬賽人犯了什麼大錯，憑什麼殺光他們十五歲以上的男子？這是多少人命？這樣跟荷蘭人在拉美島的大屠殺事件有什麼兩樣？」

赫南德茲長官說：「菲律賓總督擔心淡水馬賽人叛變，就跟當年擔心馬尼拉華人叛變一樣。」

「馬賽人和華人不一樣！」若望少尉又問：「何況馬尼拉華人真的叛變嗎？」

赫南德茲長官說：「這是菲律賓總督的命令。」

若望少尉說：「這不是天主的公義！」

安德列斯上尉則對若望少尉說：「你是軍人，不是神父。」

若望少尉說：「軍人和神父都信仰天主，不是嗎？」

赫南德茲長官想了一下說：「我們先執行拆除聖多明哥城的任務。」

留守雞籠

棄守淡水的事已在雞籠傳開，聖多明哥城開始拆除，但屠殺淡水馬賽人十五歲以上男子的命令還未執行。

若望跟雨蘭說明後，堅決地說：「西班牙人可以棄守淡水，但不能屠殺馬賽人。」

雨蘭擔心地問：「把淡水馬賽人的父親都殺了，母親和小孩怎麼辦？」

若望說：「是啊！這跟荷蘭人在拉美島的大屠殺有什麼兩樣？」

「請你盡力阻止。」雨蘭說：「我會祈求天主，賜給你履行正義、愛好慈善的力量。」

當天晚上，若望少尉直接去雞籠長官官邸找赫南德茲長官。

赫南德茲長官很驚訝，若望少尉突然來他家裡。若望少尉一開口就說：「我請求長官，不要殺害無辜的淡水馬賽人！」

「這件事也有軍事上的考量，荷蘭人將來可能聯合淡水馬賽人來攻打雞籠。」

「不管將來如何，大屠殺違背天主的公義！既然放棄了淡水，我們能做的就是加強雞籠的防衛。」

「我必須服從命令，但你以為西班牙在艾爾摩沙還有多少軍力？還有能力屠殺那麼多淡水馬賽人？」

「沒錯！如果我們現在再去攻打淡水的馬賽人聚落，恐怕還會折損很多兵力。」

若望少尉先寬了心，但還是表態說：「菲律賓總督這項命令不符天主的公義和仁愛，在執行上必須慎重考慮。」

「你的想法我聽見了！」赫南德茲長官點頭：「我會在我的權限上斟酌處理。」

若望少尉再問：「我們在艾爾摩沙還要縮減多少人力？」

赫南德茲長官說：「依菲律賓總督的想法，雞籠守軍將逐漸減少到百人以下。」

若望少尉問：「那麼少的兵力，恐怕很難抵擋荷蘭人？」

赫南德茲長官坦承：「棄守淡水，等於棄守雞籠，等於棄守艾爾摩沙。當我們萌生退意，恐怕就已注定將被荷蘭人驅逐的命運。」

若望少尉說：「不管如何，我們要盡力守住雞籠。」

赫南德茲長官轉移話題說：「菲律賓總督要調很多軍人回馬尼拉，包括安德列斯上尉在內，你想回馬尼拉嗎？我可以安排。」

若望少尉說：「不！我想留在雞籠。」

「我知道你是忠誠的人，而且富有責任心和正義感。」赫南德茲長官說：「我在艾爾摩沙的任期就要結束了，我只能祝福你！」

百合聖母醫院

菲律賓總督下令棄守淡水，減縮在艾爾摩沙的人力和開支，甘波士醫生負責的醫院也受到衝擊，首先面臨人手不足，接下來還會有藥物缺乏的問題。

雨蘭聽到傳聞後，馬上來找甘波士醫生，跟他說：「我可以來醫院，學習怎麼幫忙你嗎？」

「太好了！這是雞籠醫院第一次有女性護理人員。」甘波士醫生說：「在歐洲，女性護理人員除了修女，還有年輕女孩。」

甘波士醫生想了一下說：「歡迎妳來幫忙，但可能沒辦法給妳酬勞。」

「我本來就是自願來幫忙的！我要感謝你這幾年醫治了很多馬賽人。」

「我是醫生，這是我應該做的事。」

「我家就在醫院附近，你如果緊急也可以馬上找我過來。」

第二天開始，雨蘭沒事就來醫院。她學習認識各種藥物，並了解藥效。甘波士醫生在為病人處理外傷、清除膿腫時，她就準備藥水、藥膏，並清理醫療廢棄物，很快成為甘波士醫生的得力助手。

雨蘭請族人告訴族人，祭司、巫醫治不好的病，尤其意外受傷流很多血時，就要趕快來找甘波士醫生。

三個月後，甘波士醫生有時不在醫院，或正在忙著治療病人時，雨蘭已經可以獨自處理燙傷、割傷等輕傷的病人。

雨蘭還會採集野花，插在水甕，放在醫院的桌子上。在春夏之間，醫院的小空間擺滿了白色的百合。

甘波士醫生看了很感動，他跟雨蘭說：「我們有了一間百合聖母醫院。」

甘波士醫生知道，與西班牙的醫院相比，雞籠的小醫院只是華人眼中的「病厝」，雖然他不是醫學院畢業的醫師，但在偏遠的小島上，卻是唯一可以提供醫療的地方。因此，他相信天主必會眷顧這間小醫院，病人也能藉由禱告得到治癒的力量。

甘波士醫生請雨蘭為病人誦念《聖母經》、《玫瑰經》，也請雨蘭有機會也可以教病人誦念，以簡單的經文祈求聖母的憐憫。

甘波士醫生跟雨蘭說：「妳就是聖母派來雞籠的天使。」

海洞潮聲

亞熱帶的秋天，雞籠雖然不熱了，但也沒有涼意，黑鳶在空中盤旋，海水還是很藍。

若望放假，邀雨蘭出來，雨蘭穿著若望送她的噶瑪蘭香蕉衣，若望牽著她的手走到水道邊，兩人上了竹筏。

「我帶妳到雞籠港西岸！」若望從水道（今八尺門水道）划進雞籠港（今基隆港），不久就划到目的地。

兩人下船，若望帶著雨蘭走上山坡，來到雞籠港西岸的堡壘（今白米甕砲臺）。這個尚未興建完成的堡壘，因為菲律賓總督宣布棄守淡水並減縮雞籠人力的政策，已經停工了。

若望站在這個堡壘的高點，遙望雞籠島中北部海岸山頂上的「聖米樣堡」，聽說這個堡壘也可能會撤除。若望心想：「如果雞籠港入口兩邊的砲臺都撤了，雞籠恐怕就很難防守了。」

若望不想跟雨蘭談太多軍事，牽著她的手走下山坡說：「我帶妳去看一個很大的山洞。」

若望因負責監督興建雞籠港西岸的堡壘，所以要來這一帶考察，之前看到這個天然的海蝕洞（今仙洞巖），但沒時間走進去，這次特別帶雨蘭來。

若望和雨蘭手牽手、肩並肩走進洞穴，洞穴一開始還算寬敞，但愈走愈窄，兩人愈貼愈近，若望聞到處女的氣息，幾乎忍不住想親吻雨蘭。

若望當然知道雨蘭也愛上他了，但他曾對聖母說要再等雨蘭幾年，必須遵守諾言，所以一直沒向雨蘭告白。

再等幾年是幾年？若望決定等到雨蘭十八歲，他心算一下：「啊！就是明年了。」

兩人走在這個洞穴裡，有時窄有時寬，有時還要彎腰低頭，終於走到了最深處，外面就是大海，可以聽見海潮拍打岩岸的聲音。

兩人坐在石頭上休息，雨蘭依偎在若望身旁。

一　神與泛靈

若望問雨蘭：「妳常去醫院幫忙，辛苦嗎？」

雨蘭說：「我不辛苦，甘波士醫生才真的非常辛苦。」

「甘波士醫生說妳志願服務，稱讚妳是聖母的天使。」若望看著雨蘭的雙手：「妳真的在為天主做事。」

「我想到耶穌在《瑪竇福音》中說：你們不能同時服侍天主，又服侍金錢。」雨蘭說：「我選擇服侍天主。」

「阿門！」若望想了一下，看著雨蘭：「妳有想過受洗嗎？」

「有！但一定要是真心誠意的受洗。」雨蘭說：「我不想跟別人一樣，還沒想清楚就先受洗。」

「妳還有什麼沒想清楚呢？」

「神父說天主是唯一的神，但我們馬賽人有很多神。」

若望回想，雨蘭曾經說：「馬賽人的神 Samiai 愛馬賽人，天主愛西班牙人也愛馬賽人。」當時艾斯奇維神父還補充說：「天主愛世界上所有的人。」

若望心想這樣合乎邏輯，跟雨蘭說：「我以為妳已經想通，天主可以包含馬賽人的神。」

雨蘭說：「馬賽人還相信祖靈，也相信萬物有靈。」

雨蘭唱了一首奇宛暖的馬賽歌謠：

我們的祖靈，一直在我們身旁，
幫助我們種的芋長大，
幫助我們在海裡網到魚、在山裡射到豬。

「真好聽！」若望說：「所以你們覺得祖靈一直在保佑你們。」

雨蘭接著又唱了另一首馬賽歌謠：

雲的神灑下雨水，風的神吹來涼爽，
樹的神幫忙遮蔭，火的神煮熟食物。
每一座山都有神，每一條溪都有神，
每一種動物都有神，每一種植物都有神。
我們崇拜所有的神，所有的神就會保護我們。

「歌很好聽，歌詞真美。」若望說：「這樣的歌是在詠嘆大自然啊！」

「我相信馬賽人相信的神，我也相信天主，這樣有沒有衝突？」雨蘭問：「這是我還沒想通的問題。」

「妳問過神父嗎？」

「我問過多明哥神父，他說天主是唯一的神，不能再相信其他的神。」

「我也是從小被教導唯一的天主。」若望說：「但我相信艾斯奇維神父會有包容的說法，可惜他不在我們身邊。」

「我會繼續想，繼續禱告。」雨蘭說：「我相信各種神都是愛，天主如果不是至愛，就不值得信仰。」

若望不知如何回答雨蘭的問題，但他隱約覺得：「是否西班牙人信仰天主，就以為高高在上，因而看輕異族的傳統信仰，少了包容少了愛？」

傍晚，若望帶著雨蘭走到雞籠港西岸邊，兩人上了竹筏，在夕陽染成金黃的海上，划向對岸。

第15章

天堂都是小孩

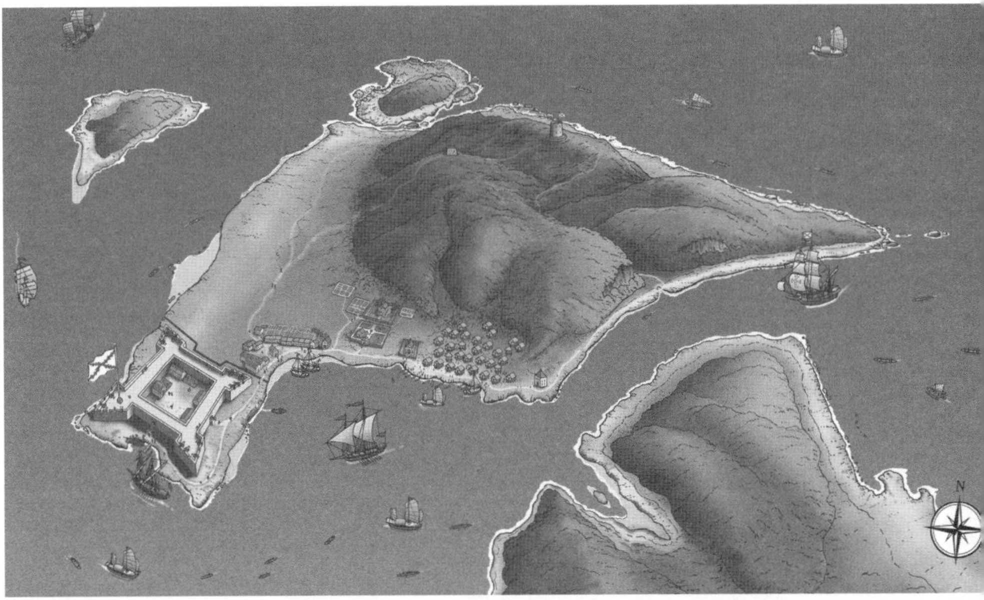

雞籠，一六三八年十月二十五日

敬愛的保祿神父：

雨蘭在今年九月八日的「聖母誕辰慶日」領洗，我也在那天跟她告白，她接受了我的愛，我吻了她，她也吻了我，這是我到艾爾摩沙十二年來最快樂的一天。

對西班牙人來說，雨蘭是異族的馬賽人，他們本是「泛靈信仰」，相信祖靈也相信自然界有很多神在保護他們。雨蘭是歷經了長期、深刻的思考，才會接受我們天主教的「唯一天主」。

我看過很多嫁給西班牙軍人的馬賽女人受洗，她們大都因為嫁給天主教徒而跟著受洗。然而，雨蘭不一樣，她並不是因為愛我才受洗，她是沒有懷疑地相信天主，充滿喜悅地接受洗禮，這樣才能產生堅實的信德。

雨蘭信仰天主的歷程，應該帶給我們西班牙人省思：歐洲的天主教徒是否太過本位主義？太輕易就把異族的信仰講成偶像崇拜，讓他們在心理上產生對天主的疏離，以致阻斷了他們聽見天主的福音？

我遵守對聖母的諾言，等了雨蘭六年，直到她今年十八歲，身心都成熟並領洗之後，才跟她告白。我在雞籠海邊一個神祕的洞穴向她示愛，並在洞壁上刻了我們相愛的名字和日期，這是寫在岩石上的愛情盟誓，一定可以流傳幾百年吧！但誰知道刻字見證的愛情故事呢？

以前我跟你說過，我不敢愛雨蘭，因為她可能是聖母顯現、聖母化身。現在，雨蘭也幫我解開了心結。雨蘭說：「聖母瑪利亞的啟示在於她相信並順服天主，我效法聖母瑪利亞，我就是聖母瑪利亞的化身。」

雨蘭說得真好啊！聖母瑪利亞不但是世界上第一個相信耶穌誕生的人，她終身也在實踐耶穌的教導，這是天主教徒的典範啊！

在雞籠，雨蘭是西班牙語講得最好的馬賽人，她也是雞籠長官和雞籠馬賽人長老之間的翻譯，最近又當了諸聖堂兒童主日學的老師。如果她去西班牙，你們兩人可以直接對談，一定有講不完的話。

菲律賓總督柯爾奎拉想要征服菲律賓南部的民答那峨島（在菲律賓僅次於呂宋島的第二大島），所以繼續抽調雞籠的人力和開支回馬尼拉。因此，西班牙人在艾爾摩沙的經營，幾乎退回到一六二六年的原點。

現在，我們希望可以在雞籠守住西班牙人在艾爾摩沙的基業，這裡也還有很多天主教的信徒。新任雞籠長官帕洛米諾常鼓舞駐軍，強調聖救主城非常堅固。我們更相信，天主的聖言和恩寵才是不朽的磐石。

以聖吻請安

若望

固守聖救主城

西班牙人棄守淡水又減縮雞籠人力後，在噶瑪蘭的駐軍也逐漸撤了，只在聖雅各伯保留哨兵。西班牙人在艾爾摩沙的勢力，回到一六二六年占領雞籠的原點。新任雞籠長官帕洛米諾（Pedro Palomino）可動用的人力和財力愈來愈少，但他仍然重視雞籠島上聖救主城及其堡壘的防務，並常鼓舞駐軍的士氣。

一六三八年夏天，聖救主城臨海的稜堡上，西班牙國旗飄揚，帕洛米諾長官在城內廣場對駐軍訓話。他以激昂的語氣說：「西班牙人的聖救主城是用石塊做的，荷蘭人的熱蘭遮城是用磚塊做的，哪個城牆比較堅固？」

「聖救主城不但比熱蘭遮城堅固，而且更大！」帕洛米諾長官說：「荷蘭人攻得進來嗎？」

若望少尉邊聽邊想：「荷蘭艦隊確實很難從正面攻打雞籠島上的聖救主城，但可能從島上沒有砲臺或砲擊不到的地方登島。」

近年來，每年依例春夏兩次前來雞籠的馬尼拉補給船，大都能夠準時，但載來的人和貨都少了，載走的卻多了。

今年夏天一樣濕熱，但軍人、工事、貿易少了，雞籠平靜多了。

若望少尉抬頭一看，從南方飛來雞籠避暑的鳳頭燕鷗，紛紛停在聖救主城上。

此時，帕洛米諾長官訓話完畢，雖然駐軍的人數比往年少了，但廣場傳來如雷的掌聲，嚇走了城牆上的一群鳳頭燕鷗。

雨蘭的洗禮

九月八日，雞籠的諸聖堂舉行「聖母誕辰慶日」彌撒，由多明哥神父主持，堂內坐滿了人，還有很多人站著。

在宗教的聚會上，相對於荷蘭人，西班牙人向來不會排斥異族，所以諸聖堂也是西班牙人、菲律賓人、馬賽人、華人共同聚會的場所，非常熱鬧。

多明哥神父是雞籠最年長的神父，也是一六二六年就來的雞籠第一代神父，他個性保守但和藹可親，很多信徒都喜歡他。

「每一個人的誕生，都是天主的喜悅。」多明哥神父在臺上講道：「聖母瑪利亞的誕生，卻有更大的意義。」

多明哥神父說：「瑪利亞是天主為了耶穌誕生而派到人間，除了童貞、無染，她還帶來啟示：她順服天主，相信天主，從相信耶穌是救世主開始，進而實踐耶穌的教導。」

「多明哥神父說得太好了！」若望在臺下想著：「瑪利亞不只是耶穌的母親，她也聽從耶穌的教導。」

彌撒結束後，多明哥神父說：「我知道今天為什麼有那麼多人來教堂了！因為接下來我要為雨蘭舉行洗禮。」

臺下一片掌聲！原來，雨蘭很多親友都來了，除了坐在第一排的若望，還有雨蘭的地娜，從奇宛暖來的麻依、麻吉，雨蘭的朋友喜子、天賜等，以及雨蘭在醫院幫助過的信徒。

當時天主教在雞籠的洗禮儀式，把「浸入」簡化為「澆灌」。雨蘭站在臺上，臉上充滿了喜悅，她的眼光由遠而近掃過臺下的親友，直到與若望的眼光相會。

多明哥神父把祝聖過的水，撒在雨蘭的頭上，對雨蘭說：「願天主恩賜的聖寵，為妳的信仰注入活力，並賦予妳履行正義、愛好慈善的力量。」

多明哥神父給雨蘭的教名是「烏蘇拉」（Ursula），在拉丁文指「小熊」，在天主教指「少女殉道者」。

雨蘭的洗禮剛結束，若望就跑到諸聖堂的鐘樓，敲響鐘聲，傳遍雞籠。

在諸聖堂前的廣場，若望已準備好飲料食物，舉辦一場野餐會，慶祝雨蘭領洗。

諸神的總和

野餐會後，若望帶著雨蘭離開諸聖堂，沿著水道岸邊往東走，經過聖路易士堡，士兵向若望少尉行禮。若望回禮後，他跟雨蘭就在這個立方體堡壘旁坐下來。

「恭喜！妳終於領洗了。」若望說：「妳還沒仔細告訴我，妳如何想通天主是唯一的神？」

「我希望你能聽懂我的想法。」雨蘭說：「你們從小就相信天主是唯一的神，但我們不一樣，我們相信很多神。」

「我會放下歐洲天主教徒的成見，聽妳怎麼講？」

「每一種神都愛人，所有的神加起來就是天主，我就是這樣想通的。」

「妳的說法，跟天主是唯一的神沒有衝突？」

「我覺得完全沒有衝突，相信天主等於相信所有的神，所有的神都是天主派去愛人的。」

「妳覺得沒有衝突最重要，這樣妳的信德才會堅實。」

「天主的愛必然包含所有的愛，否則就不值得信仰了。」

「妳今天領洗之後，就是一個全新的人了。」

「是的，我感覺耶穌就在我的心裡。」

若望的告白

若望站起來，牽著雨蘭的手，離開聖路易士堡。若望心想：「我向雨蘭告白的時候到了。」

若望邊走邊問：「妳今年十八歲了？」

「是啊！你明知故問。」

「我有些話想跟妳說。」

「祕密的話嗎？」雨蘭說：「那麼我帶你去一個祕密的地方再講。」

雨蘭牽著若望的手，往西北方的海邊走，涉水而過登上小嶼（今中山仔嶼，和平島公園），來到一個天然的海蝕洞（今蕃字洞），長約六十五呎（二十公尺），有入口也有出口。

雨蘭說：「你看，這裡沒有人會來吧！」

「是啊！只有陽光會光臨。」若望看到陽光射進洞裡，照在洞壁上。

「那你要跟我說什麼？」

「妳先把頭轉過去，我等一下就說。」

若望拿出一把小刀，在洞壁上刻字。

不久，若望說：「好了！妳可以把頭轉過來了。」

雨蘭轉過頭來，看到若望指著陽光照在洞壁上的地方，她走近一看，洞壁上刻著西班牙文：

Juan amar Ulan

1638.9.8

雨蘭沒有說話，轉身就抱住若望。

若望也抱住雨蘭，他紅著眼眶，吻了雨蘭。

「我等了六年了！」

「我知道你在等我長大。」

天長地久

兩人走出海蝕洞，海岸前是海蝕平臺，這是雞籠北海岸經過千百年風蝕海蝕的地形。

雨蘭指著前方一大片格狀岩（今千疊敷）說：「這些岩石像床。」再指著遠方一大片蕈狀岩（今萬人堆）：「那些岩石像人。」

若望問：「依照馬賽人的說法，有一個神在管理這些岩石？」

「是的！」雨蘭說：「但我現在相信，這個岩石之神是天主派來的。」

「啊！我也懂了！」若望笑著說：「那些像人的岩石，白天站崗保護這個島，到了夜晚，就在這些像床的岩石上睡覺。」

若望說著就躺在平坦的岩石上，雨蘭也跟著躺在若望身邊，把頭枕在若望的手臂上。

若望說：「我本來不敢愛妳，更別說跟妳告白。」

「為什麼？」雨蘭問：「因為在我小時候，你說我是瑪利亞女孩？」

「我本來認為妳只是瑪利亞女孩，後來覺得妳根本是瑪利亞的化身。」若望說：「我怎麼敢跟聖母談戀愛呢？」

雨蘭聽了，邊笑邊問：「那你後來怎麼想通的？」

「我直接找聖母談！」若望說：「我想聖母會像母親一樣愛護妳，所以我跟聖母承諾，我要等妳的心智成熟，再跟妳告白。」

雨蘭轉過身來，吻了若望。

過了一會，雨蘭突然說：「其實我也可以說是聖母瑪利亞的化身。」

若望嚇了一跳，坐起來說：「怎麼說妳是聖母瑪利亞的化身？」

「我覺得瑪利亞帶給我們最重要的是她的示範：相信耶穌，活出耶穌。」雨蘭說：「我效法瑪利亞，我就是瑪利亞的化身。」

烏蘇拉老師

十八歲的雨蘭受洗後，開始擔任諸聖堂的兒童主日學老師，她是歷來最年輕的老師，也是第一位馬賽人老師。

兒童主日學的學生，除了馬賽人、華人的小孩，也有愈來愈多西班牙軍人與馬賽女人所生的混血兒。

雨蘭的天主教教名「烏蘇拉」（Ursula），所以小朋友就叫她「烏蘇拉老師」。

「烏蘇拉」是多明哥神父為雨蘭取的教名，雨蘭曾請教這個教名的意思據說在拉丁文指「小熊」，但雨蘭沒看過這種動物，就去問若望。

「熊是很大的動物。」若望說：「熊的個性單純而親切，勇敢又冷靜，常保護弱小。」

「那我喜歡小熊這個名字。」雨蘭說：「Ursula與Ulan的第一個字母都是U。」

一六三八年九月十二日，星期日。雨蘭第一天當兒童主日學的老師，她以馬賽語夾雜西班牙語講課。

雨蘭首先引用《瑪竇福音》第十九章第十四節中耶穌所說：「你們讓小孩子來

吧！不要阻止他們到我跟前來，因為天國正屬於這樣的人。」

雨蘭把舊的馬賽歌謠填入新的歌詞，編了一首馬賽語聖歌〈天堂都是小孩〉：

天堂為什麼只有小孩？因為小孩最誠實。
天堂為什麼只有小孩？因為小孩最謙卑。
天堂為什麼只有小孩？因為小孩最善良。
大人要上天堂，請先變回小孩。

兒童主日學大都馬賽人小孩，他們本來就會唱這首歌，新的歌詞也很有趣，大家都唱得很高興。

唱完了歌，烏蘇拉老師問大家：「所以要怎樣才能上天堂？」

大家都搶著說：「誠實」、「謙卑」、「善良」。

「還有沒有其他的？」烏蘇拉老師說：「馬賽人的歌謠是可以一句一句加唱上去的！」

大家又加了「純真」、「溫柔」、「熱情」、「快樂」等。

突然，有一個小孩說：「我聽有些大人說，人要先死掉才能上天堂。」

「人如果要死了才能上天堂，那就太可惜了！」烏蘇拉老師說：「人因誠實、善良而感到快樂時，現在就是天堂。」

另一個小孩問：「如果天堂都是小孩，天堂就沒有大人了嗎？」

烏蘇拉老師說：「天堂也有大人，但這些大人的心都像小孩。」

「我希望我的爸媽也可以上天堂，可以嗎？」

「如果大人變回小時候的誠實、謙卑、善良、純真、溫柔，就可以上天堂。」

後來，雞籠島上的馬賽人都會唱〈天堂都是小孩〉，還傳到很多地方的馬賽人聚落，包括雞籠對岸的沙灣聚落，以及東北角的奇宛暖聚落，甚至北海岸的金包里聚落。

第16章 十字架與刀劍

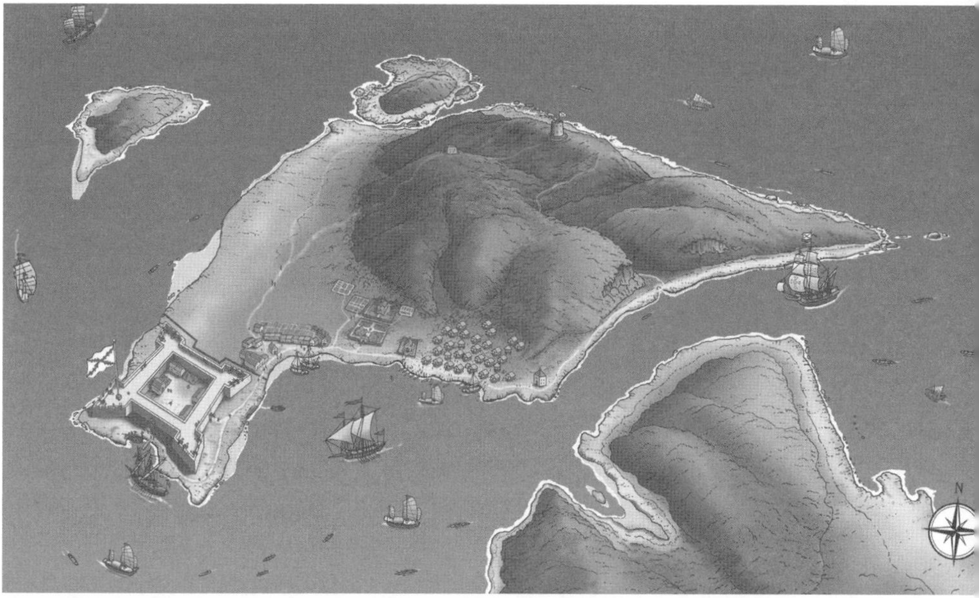

雞籠，一六三九年十月十五日

敬愛的保祿神父：

你在信中說你希望見到雨蘭，雨蘭說她願意跟我回西班牙，願天主安排你和雨蘭早日相見。

西班牙帝國以Plus Ultra自許，不斷地超越、向前邁進，大海之外還有領土，甚至在「海外的海外」艾爾摩沙，建立了最遙遠的殖民地。然而，西班牙帝國現在似乎想要放棄艾爾摩沙了。

雖然菲律賓總督認為艾爾摩沙已經沒有殖民、貿易的價值，但傳教工作仍在進行，神父們都不捨得天主的子民。

這十三年來，根據西班牙官方的統計，艾爾摩沙土著受洗人數持續增加，還常見某個群體或整個聚落一起受洗，有時一次多達一、兩百人。但官方的統計數字顯然誇大，因為官員和教會都想看到受洗人數愈來愈多。

我知道很多土著受洗並非為了信仰，而是為了好處，但我不忍心責怪他們，因為在這裡政治和宗教有微妙的關係。

西班牙人在艾爾摩沙既殖民又傳教，在土著眼中，神父是跟著軍隊一起來的，所以也被視為征服者的成員，難怪艾斯奇維神父比喻這是「把十字架與刀劍放在一起」，神父很難得到土著的信任。

然而，神父還是要用愛心去破除土著的成見，把天主的福音傳給他們。此外，神父也希望讓本來對立的土著聚落，因有了共同的信仰而化解了彼此的仇恨。

我向雨蘭告白後，我們相愛愈來愈深，我用《聖經．雅歌》的話來形容：「我屬於我的愛人，我的愛人屬於我」、「洪流不能熄滅愛情，江河不能將它沖去」。我想過跟雨蘭結婚，但還要考慮很多事情，我已在禱告中把婚事交給聖母。

我喜歡跟雨蘭談話，她以異族的觀點，教我重新審視西班牙人對文明、宗教的認知與理解。

土著本來自給自足、自由自在，我們以文明人自居，把土著看成野蠻人，說要帶給他們進步，其實是帶給他們災難。

我想起荷蘭人屠殺拉美島土著事件，西班牙菲律賓總督也曾下令屠殺淡水馬賽人十五歲以上的男子，到底誰才是野蠻的一方？文明與野蠻，不等於善與惡，邪惡的文明是更大的罪惡。

我們傳教時常跟土著說：信者死後可以上天堂。然而，如果我們現在就帶給他們痛苦，那麼死後的天堂又有什麼意義？

我們應該反思：如果我們沒來，他們是否過得更好？
以聖吻請安
若望

伴隨槍砲來的神父們

一六二六年五月，西班牙遠征艾爾摩沙的艦隊抵達雞籠，神父跟隨帶著槍砲的軍隊一起登島。在雞籠土著馬賽人眼中，神父也是征服者、殖民國的一員。

若望就聽到艾斯奇維神父批評這種「傳教混在殖民之中」的怪現象，艾斯奇維神父還做了「把十字架與刀劍放在一起」的比喻。

西班牙人來艾爾摩沙的目的是殖民、貿易、傳教，但傳教與殖民、貿易有本質上的衝突。傳教士與殖民官員看來完全不同，但也有微妙的政教關係。對傳教士來說，他們的初衷就是要找「迷失的羊」，如果讓更多人受洗，依教會說法在天上會有獎賞。對殖民官員來說，傳教的成果也算執政的績效。因此，殖民地受洗的人數就常被誇大。

若望曾詢問雞籠官員，自一六二六年以來的十三年，在雞籠、沙灣、聖雅各伯聚落（今三貂角）受洗的馬賽人，共約八百人。

不過若望很清楚，這些受洗的馬賽人，並不像雨蘭是深思熟慮後所做的人生決定，很多可能只是為了得到方便和好處。一般馬賽人都知道，入教者比較會得到教會和官方的善待，如果貧窮還有教會的救濟。

此外，馬賽人和噶瑪蘭人常見某個群體或整個聚落一起受洗，但看來並不是神父傳教成功使然。若望曾詢問某位土著長老，找到了原因：土著聚落重視集體信仰，很多個人只是跟著集體入教；整個聚落入教後，就會被教會和官方視為共同體，遭到外來侵犯時會得到保護。

不過若望也聽艾斯奇維神父說過，本來敵對的土著聚落，如果雙方都接受天主教，有了共同信仰，從此化敵為友，這是神父覺得最有成就的見證。

西班牙殖民地的傳教活動，傳教士的收入有些來自官方（王室）的薪資，但更多來自教會及慈善組織的捐獻。因此，雖然西班牙官方已在一六三七年棄守淡水，但仍有神父留在淡水傳教。在雞籠，雖然官方減縮人力財源，但對神父傳教影響不大。

波那長老受洗

自一六二六年以來，雞籠信仰天主教的人口呈現自然增加的趨勢，除了神父的傳教，也與官方的通婚政策有關，很多馬賽女子嫁給西班牙軍人後，她們及所生的混血兒也跟著信仰天主教。

西班牙人棄守淡水後，雞籠開始傳聞荷蘭人將會來犯。一六三六年荷蘭人對拉美島的大屠殺事件，西班牙人刻意在雞籠散播，讓馬賽人對荷蘭人產生戒心。另一方面，西班牙人除了擔心淡水馬賽人可能投向荷蘭人，也不敢確定雞籠馬賽人對西班牙人是否忠誠。

在這樣的氛圍下，新任雞籠長官馬格士（Cristóbal Márquez）希望雞籠馬賽人與西班牙人團結一起，所以就鼓勵他們信仰天主教，與西班牙人形成宗教上的共同體。

雞籠馬賽人聚落的波那長老，可能看到了政治風向，就去找他熟識的若望少尉，表達希望受洗的意願，請若望少尉代為轉告。

雞籠官方和教會當然樂於接受波那長老的受洗，不但在諸聖堂安排了盛大的洗禮，馬格士長官還到場觀禮。

波那長老的教名為「奧斯定」（Augustine），馬格士長官跟他說：「奧斯定！現在我們是天主教的弟兄了！」

波那長老說：「雞籠馬賽人與西班牙人永遠是最好的朋友！」

若望少尉默默站在一旁，沒有去湊熱鬧。

俯視聖救主城

秋天的午後，雨蘭約若望出遊，她在聖救主城外等若望出來，牽著若望的手，邊走邊說：「我帶你去看聖救主城！」

若望才剛從聖救主城走出來，但他從不懷疑雨蘭，也沒有多問，就跟著她走。

雨蘭帶著若望來到水道岸邊，上了竹筏，划到對岸的沙灣聚落。兩人上岸後，就往山坡上走，走到最高處（今旭丘山），雨蘭舉手一指：「看！聖救主城！」

若望第一次在這麼鄰近的山丘上俯視雞籠，從上而下看到整個聖救主城。這座插著西班牙國旗的歐式城堡，象徵西班牙帝國「大海之外，還有領土」的國家大業，而且是跨越世界兩大海洋所建最遙遠的殖民地。

若望心中感嘆：「這曾是西班牙的志氣，但現在是否懷憂喪志？」

幾天前，若望少尉跟馬格士長官談話，聽到一件讓人洩氣的事。原來，現任菲律賓總督柯爾奎拉的前一任總督色列左（Juan Cerezo de Salamanca），曾在一六三四年寫信給西班牙國王腓力四世（Felipe IV），主張艾爾摩沙無用論，更指艾爾摩沙的土著既不順從又反覆無常。

若望知道菲律賓總督一直有「艾爾摩沙無用論」的聲音，但沒想到竟然在五年前就已上報西班牙國王。

若望跟雨蘭講了這件事，他氣憤地說：「如果菲律賓總督認為占領艾爾摩沙無用論，為什麼只棄守淡水？為什麼不乾脆也棄守雞籠？」

「猶豫不決吧！」雨蘭說：「我覺得西班牙人對雞籠比對淡水有感情。」

若望說：「政治掌權者不能感情用事，也不能猶豫不決啊！」

雨蘭沒有多說話，她覺得政治太複雜，就讓若望自己思考。

若望看著前方夕陽西下，不禁感嘆：「或許西班牙帝國即將走向沒落，西班牙人對自己沒有信心，對未來也沒有決心。」

文明與野蠻

夕陽西下，即將落在雞籠港西岸後方的山頭，把港內的海水映成金黃色，隨著波浪閃閃發亮。

不久，夕陽沒入山頭，天空一片紅霞。

若望和雨蘭坐在山坡的岩石上，看海看山，雨蘭把頭靠在若望的肩膀，若望轉頭吻了雨蘭。

雨蘭問若望：「為什麼菲律賓總督覺得艾爾摩沙土著既不順從又反覆無常？」

若望說：「這是征服者的眼光，當然帶有傲慢和偏見。」

「是啊！如果你侵犯或占領別人的土地，人家當然會反抗啊！」

「征服者與被征服者很難彼此信任。」

雨蘭問：「菲律賓總督認為西班牙人是文明的，艾爾摩沙土著是野蠻的？」

「很多西班牙人都認為殖民地的土著是野蠻的！」若望說：「我以前也認為西班牙是文明國家，西班牙人為野蠻的地方帶來進步。」

雨蘭說：「我知道你有反省。」

「我是親眼見證了！」若望說：「我看到的馬賽人、噶瑪蘭人、達悟人，他們在自己的土地上自給自足，不囤積太多食物和貨物，本來過著自由自在的生活，結果西班牙人給土著帶來了什麼？進步還是毀滅？」

「如果你們只帶來天主的愛就好了。」

「沒錯！但我們是把十字架與刀劍一起帶來。」

「西班牙人和艾爾摩沙土著互相殺害，你覺得誰比較野蠻？」

「誰是文明？誰是野蠻？荷蘭人在拉美島屠殺土著的事件，誰更野蠻？」

雨蘭說：「菲律賓總督也曾下令屠殺淡水馬賽人，幸好有你據理力爭。」

「我應該聽誰的命令？」若望說：「在總督、國王之上，還有天主。」

西班牙

趁著黃昏暮色，若望和雨蘭走下山坡，來到沙灣聚落，上了竹筏，划回雞籠。

天色暗了，兩人捨不得分開，就在水道邊坐下來，繼續聊天。

雨蘭問：「你會想家嗎？」

若望說：「我常想念西班牙，尤其在冬天又濕又冷的夜晚。」

雨蘭把頭靠在若望肩膀，若望摟著她的腰說：「因為妳，讓我想留在雞籠。」

「如果你想回家，我願意跟著你去西班牙。」

「真的？妳不怕西班牙人看不起海外的土著？」

「我不怕！再給我幾年時間看書和學習，信不信我可以用西班牙語和西班牙人辯論？」

「哈哈！我相信，我都快要講輸妳了。」

「其實，我只是想永遠跟你在一起。」

「謝謝妳！」若望紅著眼眶說：「妳知道西班牙有多遠嗎？」

「我不知道，但跟你在一起，再遠也不會覺得遠。」

「真的很遠很遠！海路加陸路就要八個月，再加上等船，恐怕要一年。」

「沒關係！我想去看你的家鄉。」

「妳想看什麼？」

「我想看你做彌撒的百合聖母堂，還有教堂裡的聖母像。」

「我說過的話，妳都記得。」

第17章

荷西戰爭

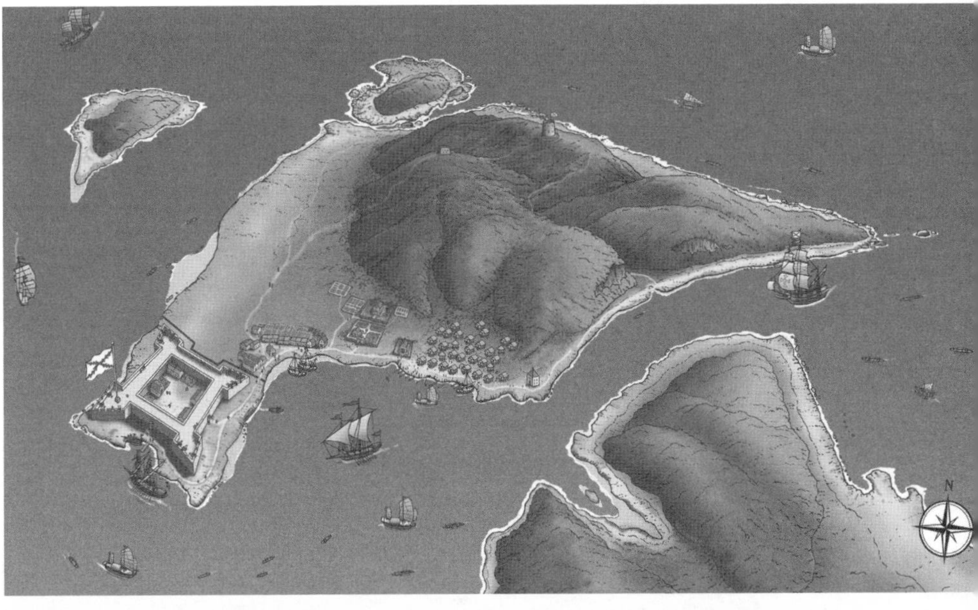

雞籠，一六四〇年十一月十五日

敬愛的保祿神父：

荷蘭人將會攻打聖救主城的傳聞甚囂塵上，但西班牙人在雞籠的駐軍已減縮不到百人，可說是在半棄守狀態。

新任雞籠長官波提羅看重我，特別把我從少尉直接升為上尉，現在我是雞籠駐軍最高階的軍官，我要指揮雞籠駐軍對抗可能隨時來犯的荷蘭艦隊，責任重大。西班牙人、葡萄牙人比荷蘭人更早來東南亞、東亞，西班牙、葡萄牙長期又是聯合王國，但在東亞的競爭上，荷蘭人竟然後來居上，讓我感到意外。

我去找雞籠港的福建漳州人，打聽荷蘭人的動向。他們的親友、同鄉移民海外，在日本、艾爾摩沙、菲律賓、印尼等地經商，因相互往來形成網絡，可互通政經情報。結果，他們也判推斷荷蘭人一定會占領雞籠，因為雞籠離日本比較近，從雞籠也方便前往哆囉滿尋金。

因此，荷蘭人與西班牙人在雞籠終須一戰，只是時間早晚而已。

我站在聖救主城上，看到堅固又配備大砲的四座稜堡，代表我們一六二六年前進艾爾摩沙的志氣。雞籠冬天的風雨，吹打在聖救主城上，多少風雨就是我們曾經付出的多少血汗。我以聖救主城為榮，願天主護佑這座以救世主耶穌為名的城堡。

我因帶兵責任而承受很大壓力，雨蘭帶給我很多安慰，只要她在我身邊，我就有無比的勇氣。我喜歡聽雨蘭談信仰，她跟我們不一樣，她常跳過教會、神父詮釋的教義和規範，直接看到耶穌在《聖經》裡的教導。

雨蘭教我用耶穌的想法來對面困難，這樣耶穌就會跟我一起負重擔，我的擔子才會輕鬆。面對隨時可能發生的聖救主城之戰，雨蘭希望我以耶穌為念，不論誰輸誰贏，耶穌都不希望傷害無辜的生命。

我擔心戰爭隨時會來，我可能失去向雨蘭求婚的機會，所以我第一次開口說我想過跟她求婚，想不到她馬上拒絕。她認為我在此時不應該談婚事，請我把婚事交給聖母。

求婚被拒，我竟然更加感覺雨蘭的貼心，願聖母眷顧我們的愛情。

以聖吻請安

若望

荷蘭獨立戰爭

西班牙在一六三七年棄守淡水、減縮雞籠人力後，荷蘭將攻打雞籠的傳聞就開始擴散，而且一年比一年盛行。

在若望眼中，這並非傳聞，而是必然會發生的事。

從十六世紀中到十七世紀初，歐洲三大海權國家已先後在東南亞設立總部，包括葡萄牙在澳門、西班牙在馬尼拉、荷蘭在雅加達，展開殖民、貿易與傳教的競爭，試圖打開中國與日本的門戶。

荷蘭在一六二四年占領福爾摩沙（葡萄牙語、荷蘭語Formosa）南部，西班牙在一六二六年占領艾爾摩沙北部，兩國維持互相競爭、彼此抗衡的狀態。

然而，不管什麼原因，當西班牙人在艾爾摩沙的經營開始中衰後，荷蘭人一定會趁勢北上驅逐西班牙人。

為什麼？因為對荷蘭、西班牙來說，兩國的戰爭不只是艾爾摩沙爭奪戰，主要還是荷蘭脫離西班牙的獨立戰爭，荷蘭基督教（新教）與西班牙天主教（舊教）的宗教戰爭，以及在海外的貿易戰爭，戰場從歐洲延伸到亞洲。

以此來看，荷蘭跟西班牙打獨立戰爭（一五六八—一六四八），形成兩國長期的戰爭，艾爾摩沙也是戰場之一。

其實，西班牙也曾想把荷蘭人逐出艾爾摩沙。一六二七年八月，西班牙無敵艦隊派遣三艘加利恩帆船、兩艘槳帆船、一艘補給船（Socorro）及八百名士兵的艦隊，從馬尼拉前往艾爾摩沙，傳說就是要攻打在大灣的荷蘭城堡。結果，艦隊遭遇大風（颱風）被迫折返馬尼拉，僅補給船「玫瑰聖母號」（Rosario）抵達雞籠。

那天，有位西班牙士官問若望少尉：「荷蘭人在艾爾摩沙南部發展順利，為什麼非北上攻打雞籠不可？」

若望少尉正視這位士兵說：「荷蘭人不會放棄打敗西班牙人的機會，但我們一定要守住雞籠！」

若望上尉

在菲律賓總督柯爾奎拉持續抽調雞籠兵力之下，果然雞籠駐軍最後只剩不到百人。

新任雞籠長官波提羅（Gonzalo Portillo）雖然明白情勢，但仍要鼓舞軍心。他發現在雞籠駐軍部隊中，軍階最高的竟然只是少尉，就是若望少尉，心中有了打算。

波提羅長官知道，歷任雞籠長官都稱讚若望少尉既忠誠又能幹，而且自一六二六年就駐守雞籠至今，從未請求調回馬尼拉，甚至沒有去馬尼拉休假。波提羅長官思考後，決定把若望的軍階從少尉跳升為上尉，賦予他更大的榮譽，也讓他承擔更大的責任。

在聖救主城舉行布達儀式後，波提羅長官私下跟若望上尉說：「若望上尉，就麻煩你跟我一起努力守住雞籠了！」

若望上尉說：「不管能不能守住？我們都會盡力，天主也自有安排。」

波提羅長官提及菲律賓總督柯爾奎拉總督的近況，他正全力應付菲律賓南部民答那峨島的動亂，忙著與當地穆斯林「莫洛人」（Moro）戰爭。

若望上尉問：「如果雞籠也發生戰爭，柯爾奎拉總督會不會從馬尼拉派兵支援呢？」

波提羅長官說：「他似乎是無心也無力再管艾爾摩沙了。」

漳州人的情報

若望成為雞籠駐軍部隊最高指揮官，壓力更大，為了打聽荷蘭人的動向，若望專程前往雞籠港崁仔頂，拜訪漳州人聚落的頭人陳正賢。

若望知道，漳州的「生理人」（商人）在雞籠、大灣、馬尼拉、巴達維亞、日本都有貿易往來，對西班牙、荷蘭當局的政策和動向也有所了解，可說是西荷兩國的「共同情報圈」。

陳正賢獲知若望來訪目的，就找了剛從大灣及馬尼拉回來的同鄉，大家一起討論。

若望問：「現在荷蘭人攻打雞籠的動機有多大？」

陳正賢說：「這是荷蘭脫離西班牙的獨立戰爭，從歐洲打到亞洲，在艾爾摩沙也終須一戰。」

「菲律賓總督似已無心繼續經營艾爾摩沙，既然已棄守淡水，為何不再棄守雞籠？」

「西班牙在歐洲戰事不利，西班牙國王和菲律賓總督都傾向放棄艾爾摩沙，但因正當性不足，故只能觀望。」

「日本的海禁政策，對荷蘭和西班牙有什麼影響？」

「日本雖然實施海禁，卻只阻擋葡萄牙人和西班牙人，仍開放荷蘭人前往貿易。」陳正賢說：「如果荷蘭人想要更進一步壟斷東亞貿易，最好占領比大灣更接近日本的雞籠，把西班牙人趕出艾爾摩沙。」

「荷蘭人也相信艾爾摩沙的黃金傳說，目前有何動向？」

「荷蘭人為了尋金，已從大灣繞過艾爾摩沙南端的鵝鑾鼻，沿著東海岸北上，除了探查哆囉滿，也去了噶瑪蘭南境。荷蘭人還聽說土著傳聞，基馬遜河上游也有黃金。」陳正賢說：「荷蘭人如果占領雞籠，以後要探查黃金，不論走海路或陸路，都會比從大灣方便很多。」

「果然荷蘭人永不放棄尋找黃金的機會。」

「沒錯！」陳正賢做了結論：「所以我認為荷蘭人一定會攻打雞籠！」

若望追問：「荷蘭人可能何時攻打雞籠？」

「荷蘭人當然希望一舉攻下雞籠。」陳正賢說：「所以他們也在觀察，馬尼拉是否完全放棄雞籠？雞籠又有多少防衛的實力和決心？」

「我當你是朋友，才關心你的安全。」若望說：「請問你們擔不擔心荷蘭人攻打雞籠？因為你們也會受到影響。」

「謝謝你的關心！我也當你是朋友，才跟你講這些情報。」陳正賢說：「漳州人在各地做生意，對於各國統治者，我們懂得自處之道，但有時也只能自求多福。」

聖救主城的稜堡

西班牙駐守雞籠的部隊不到百人，目前若望上尉軍階最高、責任最大，尤其在荷蘭人極可能進犯之下，他承受了更大的壓力。

冬天的下午，雞籠下著小雨，雨蘭忙完醫院的事，想念若望，就走到聖救主城找他。

雨蘭跟城門衛兵說明來意，衛兵立刻前往通報。若望沒有時間外出，心想不如就讓雨蘭進城相會。

若望撐著油紙傘，走出城門，拉著雨蘭的手說：「來！我帶妳進城，我們到城牆上走走！」

聖救主城自一六二六年開始興建，八年後才全部完工。這座以石材（今稱觀音石）建成的正方形歐式城堡，不但堅固，而且城的四角建有四座稜堡，每座稜堡上都有加農砲，可以砲擊四方的敵人。聖救主城周長約四百公尺，只比西班牙人在馬尼拉的王城（聖地亞哥城，西班牙語 Fuerte de Santiago）稍小。

若望撐傘幫雨蘭遮雨，帶雨蘭走到城牆上，四座稜堡之間有通道可行，兩人牽手漫步，繞了一周。

雨蘭第一次站在聖救主城高高的城牆上，雖然細雨濛濛，還是看到大海、山丘的朦朧之美。

「我看到我家的房子了！」

「是啊！聖救主城視野很廣。」

「好像四邊都看得到海。」

「聖救主城的四座稜堡都有面海，所以荷蘭軍艦很難直接攻擊聖救主城。」

若望不自覺地大聲說：「我站在這裡，荷蘭軍艦不論從雞籠港或是從水道進來，我都可以下令稜堡上的守軍開砲，將之擊沉。」

若望說著說著，卻擔心起來，心想：「如果荷蘭軍艦從別處登陸雞籠，那麼要如何應付呢？」

若望看向雞籠島中央山丘制高點的位置，就是聖救主城三個堡壘之一的聖安東堡，心想：「如果荷蘭人登陸後占領聖安東堡，居高臨下，聖救主城就危險了！」

耶穌之城

若望一手撐著油紙傘，一手摟著雨蘭的腰，剛好一陣東北季風從中央山丘方向吹來。

「妳冷不冷？」若望不等雨蘭回答，就脫下外套披在雨蘭身上。

雨蘭問：「這座城堡為什麼以耶穌的救世主之名來命名呢？」

「人需要救，城也需要救啊！」若望笑著說：「西班牙人在歐洲及美洲殖民地，也用「聖救主」（San Salvador）為一些城市、島嶼命名。」

「耶穌是救主，使信祂的人不至喪亡，反得永生。」

「阿門！」

說到「永生」，雨蘭問：「如果死後才能上天堂得永生，那麼現在的生命又有什麼價值？」

「好問題！」若望說：「妳繼續說。」

「耶穌希望我們做世界的光，在人前照耀，好使大家看見我們的善行，光榮我們的天父。」

「妳覺得耶穌說的善行是什麼呢？」

雨蘭說：「我看《聖經・福音書》，耶穌教我們要謙卑、悔改、寬恕、愛人，不要偽善、仇恨、出口傷人、隨便判斷別人。」

雨蘭看到若望點頭，就繼續說：「相信耶穌先要學習耶穌，活出耶穌愛人的生活樣式，進而追隨耶穌，效法耶穌受難的犧牲精神。」

「妳講得簡單，卻很有力。」

「我本來就是簡單的人。」

耶穌的擔子

雨突然變大了！若望撐傘送雨蘭回家，快到雨蘭家門口，若望看見屋內燭火旁的地娜，她正在做手工藝品。

若望在門口停下來，小聲跟雨蘭說：「我愛妳，我想過要向妳求婚。」

「我知道你愛我，我也愛你，但我現在拒絕你的求婚。」

若望一臉驚訝，雨蘭說：「你現在是駐軍部隊最高指揮官，你有很多事情要做，現在不是結婚的時候。」

「我擔心戰爭隨時會來，我可能失去向妳求婚的機會。」

雨蘭抱住若望，在他耳邊說：「你先禱告，像上次把何時對我告白交給聖母一樣，這次也把我們的婚事交給聖母吧！」

「我想過跟妳結婚，帶妳回西班牙，但我又想，這樣地娜會很孤單。」

「謝謝你這麼細心，但你現在不必為此煩惱。」

「我們相愛的事，地娜知道嗎？」

「地娜知道，我都會跟她說，她說你很好。」

雨下得更大了！雨蘭抱著若望說：「你回城去吧！你現在負重擔，常若有所思，你要向耶穌禱告。」

「重擔？」若望說：「我最近升為上尉指揮官，必須負起防衛荷蘭人攻打聖救主城的責任，可能承受太大壓力而不自覺吧！」

雨蘭引用《瑪竇福音》說：「耶穌的軛是柔和的、擔子是輕鬆的，耶穌要我們學祂。」

「這句經文我知道，但我一直不明白。」若望問：「我把擔子交給耶穌，我就輕鬆了嗎？」

「我現在如果遇到困難或難以決定的事，我就會想，如果耶穌在這裡，祂會怎麼做？」雨蘭說：「耶穌是良善的，耶穌的心是謙卑的，祂的想法會不一樣。如果你學習耶穌，耶穌就會跟你一起負重擔，你的擔子就會輕鬆了。」

若望聽了，點點頭：「請妳繼續說。」

「日本禁教用信徒生命威脅神父棄教，耶穌想到的不是教會期待的殉教，而是神父和信徒的生命。」雨蘭說：「菲律督總督下令屠殺淡水馬賽人，當時你的想法就跟耶穌一樣，不是奉命以獲得軍功，而是阻止來保護生命。」

若望聽到雨蘭說到他的內心深處，紅著眼眶說：「聖救主城現在也面臨困難，耶穌會怎麼做？」

「荷蘭人信仰的耶穌，西班牙人信仰的耶穌，其實是同一個耶穌，對不對？」

「當然！新教與舊教的教會不同而已。」

雨蘭問：「荷蘭人和西班牙人都會祈求耶穌幫忙打贏戰爭，你想耶穌會站在哪邊？」

若望一時不知如何回答，最後說：「我不知道。」

「我也不知道，但你可以站在耶穌這邊。」

「妳說得對，我應該站在耶穌這邊。」

「雞籠在半棄守狀態，雖然你也要盡力防守，但耶穌更關心無辜的生命。」

「是的，我應該關心無辜的生命多於戰爭的成敗。」

雨蘭抱著若望說：「如果你的想法跟耶穌一樣，耶穌就會活在你的心裡，你的擔子就會輕鬆了！」

第18章

第一次聖救主城之戰

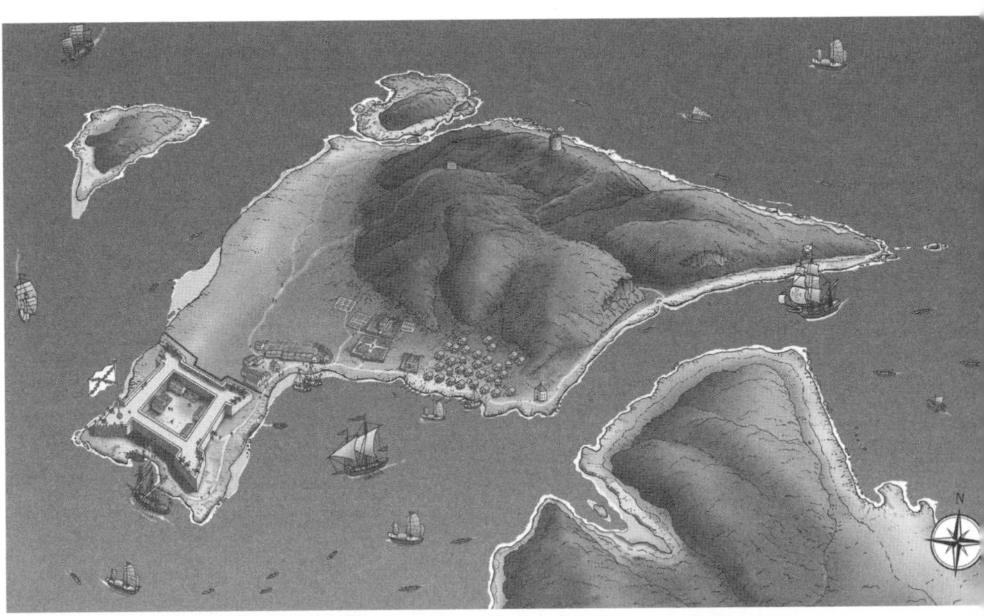

雞籠，一六四一年十月五日

敬愛的保祿神父：

我等不及要跟你講這個好消息，我向雨蘭求婚，我們訂婚了！在雞籠東岸的山頂，只有我們兩個人的訂婚典禮，山與海的見證。

我要送什麼給雨蘭當訂婚信物呢？我沒有鑽戒，我想到艾斯奇維神父赴日本傳教前送我的金十字架項鍊，我從我的頸上解下來，戴在雨蘭的頸上，我們都哭了。

為什麼我急著跟雨蘭訂婚？因為荷蘭人終於來攻打雞籠了，我隨時可能死於戰爭。我要讓雨蘭相信我愛她，我擔心我可能沒有機會給她完整的愛情。

為什麼我不舉行公開的訂婚儀式？因為我如果戰死了，我不希望讓人知道雨蘭曾經與西班牙人訂婚。這是我對雨蘭的保護，但我沒有告訴雨蘭，天主知道。

現在我們有了婚姻之約，我對雨蘭的愛更加堅定，這樣的愛讓我充滿勇氣面對未來。

荷蘭艦隊今年九月第一次試探進攻雞籠，雖然早在預料之中，但戰爭總是讓人害怕。荷蘭艦隊最後撤離了，並不是我們打敗他們，而是他們沒有把握攻下聖救主城。但他們有了經驗，下次一定有備而來，我判斷應該會在明年夏天，到時西南季風會把更強大的荷蘭艦隊和砲火送來雞籠。

雞籠有堅固的聖救主城，守軍也不懼戰，但因為兵力和彈藥都不足，就算想守也守不住。菲律賓總督和雞籠長官都知道問題，但沒有解決問題，想戰就要支援，不想戰也可棄守雞籠，就像棄守淡水一樣，但不能猶豫不決啊！如今，我也只能盡力而為，聽天由命。

淡水馬賽人已經依附荷蘭人，甚至幫助荷蘭人攻打雞籠。雞籠馬賽人是西班牙人可靠的朋友嗎？我認為他們將來也有可能依附荷蘭人。但我不會責怪淡水或雞籠的馬賽人，因為西班牙人向來沒有把他們當朋友。

大戰已經難免，日子也愈來愈近，我一方面備戰，一方面也提醒雞籠及沙灣聚落居民防範無情戰火。

請你為艾爾摩沙祈禱！

以聖吻請安

若望

荷蘭艦隊出現雞籠

一六四一年九月八日，星期日。

上午，雞籠諸聖堂正在舉行主日彌撒，由多明哥神父主持，波提羅長官、若望上尉都在現場，雨蘭正在準備兒童主日學。

亞當上士突然跑來教堂，若望上尉聽到後面騷動，回頭一看，立即起身走出教堂，看到神情緊張的亞當上士。

亞當上士馬上向若望上尉報告：「雞籠西北方海上出現荷蘭艦隊！」

若望上尉衝入教堂告訴波提羅長官，波提羅長官說：「終於來了！」

三天前，波提羅長官從親西班牙的淡水馬賽人接獲線報，荷蘭艦隊出現淡水，停靠岸邊，動向不明。波提羅長官立刻下令雞籠駐軍全面戒備，想不到荷蘭艦隊今天就來犯了。

波提羅長官與若望上尉趕回聖救主城指揮中心，亞當上士又來報告：聖路易士堡對岸來了大批攜帶弓箭和長矛的淡水馬賽人。

八月二十四日，由荷蘭海軍上尉范林哈（Johan van Linga）率領兩百多名士兵的艦隊，從大灣北上，計畫先停靠淡水，再進攻雞籠。

荷蘭艦隊抵達淡水後，先與淡水馬賽人締和，並招募一百多名馬賽人當傭兵，前往雞籠參戰。

淡水馬賽人傭兵先出發，從淡水上船往上游走，進入基馬遜河，繼續往上游走，在「八暖暖」上岸，翻越山嶺走陸路抵達雞籠對岸的沙灣聚落。他們整隊後，沿著水道走到聖路易士堡對岸，聽候差遣。

在聖救主城的緊急軍事會議中，若望上尉判斷，雞籠南岸對面的淡水馬賽人傭兵雖然人數不少，但暫時無法渡過水道，荷蘭人攻擊的重心應該放在雞籠北岸。

若望上尉下令增兵聖路易士堡，只要看到淡水馬賽人傭兵準備上船渡過水道，就開槍發砲。

若望上尉也請聖米樣堡守軍繼續觀察荷蘭艦隊，果然看到荷蘭艦隊開到雞籠北方海上，但並未向雞籠岸上發砲。

從西班牙守軍的防衛來看，雞籠港西岸的堡壘（今白米甕砲臺）並未完工，聖米樣堡、聖安東堡、聖路易士堡雖然配備砲臺，但砲彈有限，守軍密切觀察荷蘭艦隊的動向，不輕易開砲。

不久，荷蘭艦隊試圖從聖米樣堡北方的海岸登陸，已有小部分士兵從登陸艇上了岩石海岸，但因前面有山阻，所以沒有進一步行動。

若望上尉命令亞當上士帶兵前往雞籠北岸，盯緊已登陸的荷蘭士兵，並向他們開槍，後來看到他們退回船上，才鬆了一口氣。

下午，雞籠及附近海域起風下雨，荷西雙方按兵不動。荷軍總指揮范林哈上尉派人送了招降信給波提羅長官，波提羅長官立即回覆拒絕。

原來，范林哈上尉此行奉令照章行事，不直接攻打聖救主城，而是從海上包圍雞籠，並在雞籠南岸對面駐兵封鎖雞籠，然後向西班牙人招降，如果仍不投降，再下令攻打。

但是，范林哈上尉經過實地觀察，他認為此役荷軍兵力有限，恐怕無法攻下聖救主城，最後決定退兵。

九月九日上午，若望上尉在聖米樣堡觀察，看著荷蘭艦隊駛離雞籠，往魔鬼岬方向前進，看來是要退回淡水了。

若望上尉回到聖救主城，看到城牆旗桿上西班牙國旗飄揚，終於放下心來。他上了稜堡，看到聖路易士堡對岸的淡水馬賽人傭兵也撤走了，但荷蘭人下令燒毀沙灣聚落的房屋和教堂。

若望上尉嘆一口氣，心想：「雖然是戰爭，但何必傷害無辜的人。」

荷蘭艦隊在回程中，留下部分軍隊在淡水，在九月二十二日回到大灣。

雞籠勝利報告

一六四一年九月九日，在荷蘭艦隊撤離雞籠的那天，雞籠長官波提羅迫不及待寫了一封信給菲律賓總督柯爾奎拉，報告荷蘭艦隊來襲雞籠，以及他如何應付攻擊的始末。

當時雞籠與馬尼拉之間有緊急傳令急報的「快船」（Patache或Fragata），帆槳並用，約五日可到。

波提羅長官在信中首先寫出荷蘭艦隊的陣容，包括一艘大型加利恩帆船、兩艘中型加利恩帆船、兩艘武登陸艇、一艘單桅漁船、一艘舢舨，試圖登陸奪取聖米樣堡。

波提羅長官也提及荷蘭人還帶來五百名淡水土著、兩百名「生理人」（福建漳泉人）助陣。

波提羅長官說當天荷蘭艦隊向雞籠岸上開了兩砲，但沒說西班牙守軍有回擊，只提及下午突然狂風暴雨，第二天雞籠南岸水道（今八尺門水道）上漂浮荷蘭船艦的桅杆、船帆等。

波提羅長官還說他坐鎮聖安東堡，荷蘭人送招降信給他，要求他交出城堡，他則寫了一封他自己很滿意的回絕信。

最後，波提羅長官以天主、聖母的眷顧，以及神父帶領大家的祈禱，才出現奇蹟般的結果。

若望上尉沒看到波提羅長官寫的這封信，不知道信中的誇耀內容，但他很關心，在這場小戰役之後，菲律賓總督柯爾奎拉會不會派兵支援雞籠？

荷蘭艦隊撤走後，若望上尉從情報獲知，荷蘭人留下部分軍隊駐守淡水，顯然已在預備下一次的攻擊。

若望上尉跟波提羅長官說：「荷蘭艦隊終於來了，雖然只是試探虛實，但表示還會再來。」

「沒錯！」波提羅長官說：「荷蘭人來過一次，第二次一定更加有備而來。」

「那麼菲律賓總督是怎麼想的呢？」若望上尉問：「他是認為我們不必支援也能防守？還是要讓我們自生自滅？」

若望上尉看到波提羅長官沒有回答，接著又說：「菲律賓總督如果真的認為雞籠無用了，那麼可以像棄守淡水一樣棄守雞籠，這樣也免了一場戰爭！」

波提羅長官說：「軍隊講求服從，我們做好自己的事。」

若望上尉也擔心荷蘭人的勢力已進入淡水，他說：「淡水馬賽人已經開始幫荷蘭人攻打雞籠了，下次來的人一定更多。」

波提羅長官說：「淡水馬賽人這麼快就依附荷蘭人，這是我沒想到的。」

「我並不意外！」若望上尉說：「他們不是被強迫，就是有利益，或兩者皆有。」

「雞籠的馬賽人是可靠的朋友嗎？」

「如果有一天雞籠馬賽人也依附荷蘭人，我也不會意外。」

波提羅長官問：「此役之後，你對防務有什麼建議？」

若望上尉說：「我們人力不足，彈藥也不夠，但我覺得聖安東堡、聖米樣堡的砲火非常重要。」

「唉！菲律賓總督之前還想撤除雞籠的聖救主城的堡壘。」波提羅長官說：「我們只能盡力了！」

雞籠東岸

一六二六年五月，西班牙艦隊前來雞籠，沿著艾爾摩沙東海岸北上，繞過東北角，從雞籠東南岸的八尺門水道進入。

一六四一年九月，荷蘭艦隊進攻雞籠，從福爾摩沙西方的臺灣海峽北上，經過淡水，繞過北端，來到雞籠北方海域。

若望想起這件事，就問雨蘭：「當年雞籠馬賽人在什麼地方看到西班牙艦隊出現雞籠？」

「我在山上看到的，我帶你去看！」雨蘭牽著若望的手，從聖救主城沿著雞籠南岸水道往東走，經過聖路易士堡（今和平橋口），走到雞籠東岸，左轉繼續走，經過一處水井（今龍目井），往山上走到山頂（今社寮東砲臺）。

在雞籠東岸山頂上，雨蘭指著南方說：「當年我從這裡看到西班牙艦隊正要進入水道。」

若望看著北方海上，荷蘭艦隊就是來到這裡探查。若望再往西看，看到了聖安東堡（撤守堡），位於全島中央山丘的制高點，在那裡可以俯視西南方的聖救主城。

「如果東岸山頂有大砲，就可砲擊聖安東堡。」若望說：「如果攻下聖安東堡，就可砲擊聖救主城。」

若望感到擔心，就跟雨蘭說：「如果荷蘭人從雞籠東岸登陸，再把大砲搬到山頂，就是我們這裡的位置，那麼我們恐怕就不好防守了。」

雨蘭說：「我不懂軍事，但波提羅長官說雞籠守軍擊退了荷蘭艦隊。」

「波提羅長官對外可以講打敗荷蘭艦隊，但我們還是要加強防備。」

「菲律賓總督會覺得雞籠不需要支援嗎？」

「波提羅長官也不知菲律賓總督內心的想法，到底是不想支援？還是無力支援？應該都是吧！」

「荷蘭艦隊下次再來，可能在什麼時候？」

艾爾摩沙冬天吹東北季風，夏天吹西南季風。若望猜說：「荷蘭艦隊今年夏天順著西南季風北上，可能明年夏天就會再來！」

私訂終身

「我們先不要談軍事了！」若望牽著雨蘭的手，兩人坐在東岸山頂的草地上。在這裡遙遠大海，前方遠處可看到「雞籠杙」，右方遠處可看到「猴岬」（今鼻頭角），左方遠處可看到「魔鬼岬」。

若望沉默一陣，突然跟雨蘭說：「我跟妳求婚，我們不必馬上結婚，先訂婚好嗎？」

「為什麼？」雨蘭說：「我們不是說好把婚事交給聖母了嗎？」

「我要妳相信我愛妳。」

「我相信你，正如我相信天主。」

「我知道妳相信我，但我會擔心，萬一沒有機會給妳完整的愛情，我會非常遺憾。」

「你會有機會的。」

「荷蘭人一定再來，而且會大軍壓境！」若望說：「我是駐軍部隊的最高指揮官，我不能逃避、屈服，即使犧牲也是應該的。」

雨蘭說：「犧牲要有價值，生命不要葬送在沒有意義的教條。」

若望一時聽不明白雨蘭的意思，他轉頭看著雨蘭，海風吹起雨蘭的髮絲。

雨蘭接著說：「耶穌教我們不要做法利塞人（法利賽人），不要墨守成規。」

「我們講遠了！」若望說：「妳答應跟我訂婚嗎？」

雨蘭想了很久，終於說：「如果我答應你才安心，我就答應。」

「那麼我們現在就訂婚！」若望說：「沒有儀式，只有兩顆相愛的心。」

「好！只有兩個人的訂婚典禮。」

「請妳閉上眼睛，我要送妳訂婚信物。」

雨蘭閉上眼睛，若望看著她單純美麗的臉，眼眶就紅了，流下了眼淚。

若望解下艾斯奇維神父送給他的金十字架項鍊，掛在雨蘭頸上，親吻了她。

雨蘭張開眼睛，看見胸前的金十字架項鍊，也流下淚來。

第19章

第二次聖救主城之戰

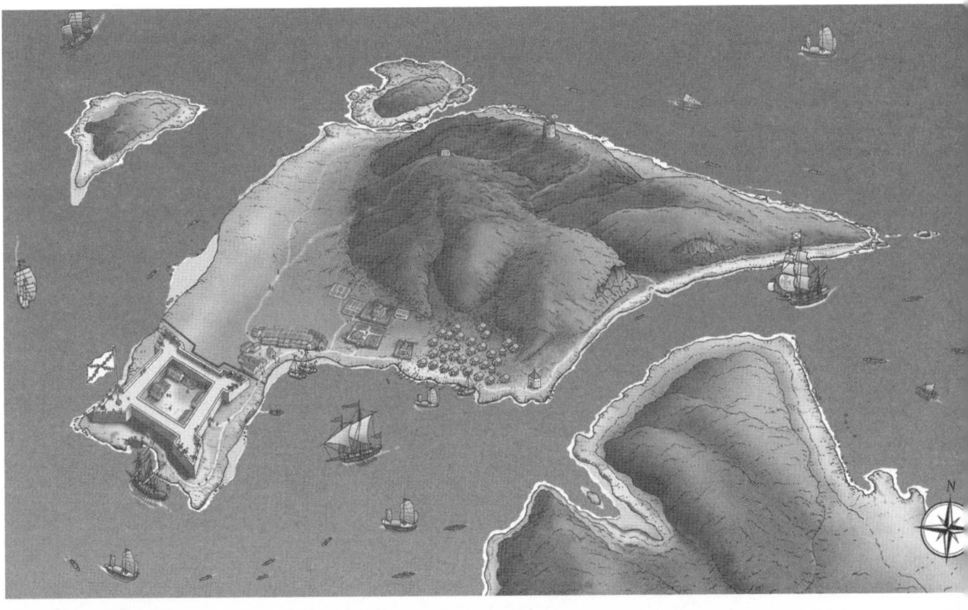

巴達維亞，一六四二年十月二十日

敬愛的保祿神父：

感謝天主，我很幸運還能夠寫這封信。兩個月前，荷蘭人第二次攻打聖救主城，這次我們守不住了，西班牙人也告別經營十六年的艾爾摩沙了。

這一個多月來，我是荷蘭人的戰俘，我在荷蘭人的亞洲總部印尼巴達維亞。今天，荷蘭法院宣判我無罪，本來要遣送馬尼拉，但我選擇直接回歐洲，所以我就要回西班牙，終於可以見到你了！

這一年發生很多可預料及無法預料的事，但不管多麼驚險、哀痛，都已經過去了。可預料的事：荷蘭人果然再次攻打雞籠。我們早知無法抵擋，卻也要盡力抵擋，但敵方兵多火力強，聖救主城面對無法承受的砲擊，為了避免平白犧牲生命，又傷及無辜民眾，雞籠長官波提羅與大家討論後，決定開城投降。

無法預料的事：雨蘭蒙主寵召了。大戰之前，我本有戰死的心理準備，所以勸雨蘭跟她媽媽暫時回聖雅各伯避難，但雨蘭堅持留在雞籠幫助甘波士醫生，並說要跟我一起負重擔。我擔心我戰死無法照顧雨蘭，結果卻是雨蘭意外被砲彈炸死。

當時，戰爭還未結束，我擔心有太多變數，決定馬上讓雨蘭安葬在諸聖堂的墓園。我給她的愛情信物金十字架項鍊，就讓她帶去天堂。

我現在已不再悲傷，因為我已經度過人生最苦楚的時刻。

雨蘭最初給我的印象就是「瑪利亞女孩」，而我卻在不知不覺中愛上了她，但我怎麼可以對聖母產生情慾？我向聖母禱告，等雨蘭長大，直到我們可以相愛，並且訂了婚約。

然而，當雨蘭安息主懷，我才知道原來雨蘭真的是聖母瑪利亞的化身。如果雨蘭不是聖母瑪利亞的化身，為什麼十六年前我在雞籠上岸就看見她？為什麼十六年後我與她死別後就離開雞籠？雨蘭是為了我從西班牙來艾爾摩沙而顯現的嗎？她在啟示我什麼？

真的，雨蘭一直在啟示我，甚至她的死也是啟示。那天深夜，波提羅長官與大家討論是否投降？我是最高階軍官，為什麼不奮戰到死？甚至還主張投降？因為雨蘭死了，還有很多無辜的人可能喪失生命，我必須替耶穌照顧他們。

雨蘭說耶穌教我們不要當法利塞人，生命不要葬送在沒有意義的教條。是的，生命應該用來做更有意義的事。

雨蘭死了，也可以說沒死，她已經活在我的心中和身上，我們兩人一起規畫人生，實踐耶穌的教導。

回西班牙後，我會辦理退伍，重新進大學修習醫學和神學。我期待成為神父兼醫師，我要去沒有軍隊保護，沒有殖民、貿易的偏鄉服務，醫治天主子民的心靈和身體。

這是我在海外寫給你的最後一封信了，我正在等待荷蘭人安排從巴達維亞返回阿姆斯特丹的船期。記得我跟你說過，我嚮往航海、想要遊歷世界。這十七年來，我曾從歐洲跨越大西洋、美洲、太平洋，現在要走印度洋回歐洲，這樣也算環遊地球一周了。

我滿心期待擁抱你，我有太多話要跟你說了。

以聖吻問候

若望

馬尼拉的救援

一六四一年九月，荷蘭艦隊曾試探性進攻雞籠。若望上尉研判，荷蘭艦隊第二次進攻雞籠必然有備而來，最快就在今年夏天，當西南季風來的時候。

雞籠長官波提羅認同若望上尉的研判，他知道菲律賓總督柯爾奎拉也會有相同的看法，但不知道會採取什麼行動？

馬尼拉每年春夏兩次例行派補給船來雞籠，今年春季的補給即將到來，雞籠駐軍特別關心，到底雞籠會從馬尼拉得到多少支援，以應付這場很可能的大戰？

一六四二年三月十二日，馬尼拉補給船正常出發前往雞籠，但看來是依照慣例補給，而且只派出一艘叫「聖尼古拉斯」（San Nicolás）的補給船。

當天，菲律賓總督柯爾奎拉還對隨船官員阿雷恰加（Valentín de Aréchaga）下達命令：銀幣和貨物務必運送到雞籠，以免還要另派快船運送，增加開支。補給船在雞籠下貨後，盡量裝載小麥上船，不要多留，速回馬尼拉。

柯爾奎拉總督提醒阿雷恰加，雞籠方面會在聖卡塔利娜岬設哨等待補給船，如果他們開砲三次示警，就表示荷蘭艦隊在雞籠附近海域，那麼補給船就要暫時開進聖羅倫佐港，等待下一步行動。

柯爾奎拉總督還強調，前往雞籠途中如果遭遇荷蘭船，那麼就開戰吧！如果敵方強大並可能奪取補給船，而你們又無法擺脫時，那麼就將補給船撞向礁石或陸地，寧可粉碎沉沒，也不把船和貨物送給敵人，然後你們再自行逃生。

若望上尉不知道柯爾奎拉總督對阿雷恰加的命令，但當他看到聖尼古拉斯號補給船抵達雞籠，並未帶來期待的兵力和物資，心情非常沉重。

若望上尉向波提羅長官報告補給船情形，並說：「我們準備孤軍奮戰吧！」

「唉！我無法防禦柯爾奎拉總督數年來持續削弱的聖救主城及堡壘。」波提羅長官說：「如果兩邊兵力相差太大，就算我們全力反擊，但又有多少意義？」

「我身為軍人，一定全力反擊！」若望上尉說：「但我擔心，雞籠將首次遭到砲火的洗禮，可能傷害了無辜的人民。」

遠離雞籠

荷蘭人可能今年夏天再來，已在雞籠及沙灣聚落傳開，有些人開始準備後路，到時發現情況不對即可逃走。

若望前往雨蘭家，跟地娜討論此事，他強調荷蘭人這次一定會砲擊雞籠，可能傷及無辜，希望地娜帶雨蘭暫時搬去聖雅各伯娘家，以策安全。

「不行！」雨蘭說：「我不能離開醫院，甘波士醫生需要我。」

「如果雨蘭不走，我就留在雞籠陪她。」地娜也不想躲到奇宛暖。

若望紅著眼眶跟雨蘭說：「妳不在雞籠，我沒有掛慮，才能全心應戰。」

「我不是你的掛慮。」雨蘭流淚說：「我要跟著你，陪你度過難關。」

若望抱住雨蘭說：「好！那麼妳們一定要保護自己。」

若望也到福州人林向高夫婦家，告訴他們荷蘭人將會進攻並砲擊雞籠，請他們提前因應。

林向高說：「我們從福州來雞籠那麼多年了，我們不會放棄現在的家。」

天賜也說：「我在雞籠出生，這裡是我唯一的家。」

荷蘭艦隊再現

一六四二年八月十九日，星期二。

清晨，陽光斜照，諸聖堂屋頂的十字架和鐘樓閃閃發亮，教堂內的幾位神父正在進行晨禱，他們特別祈求天主眷顧雞籠。

若望上尉更早就來聖救主城巡視，他因緊張而興奮，因為有情報說荷蘭艦隊這幾天就會進攻雞籠。

菲律賓總督柯爾奎拉可能也從馬尼拉的華人獲知情報，所以先派了馬尼拉官員阿雷恰加帶領十多名士兵前來雞籠，這是西班牙亞洲最高主管對這場戰爭僅有的支援。

阿雷恰加今年三月才隨補給船來雞籠，對雞籠防務有些了解，波提羅長官請他協助防守位於全島中央山丘制高點的聖安東堡，這是目前聖救主城之外唯一還有砲臺火力的堡壘。

若望上尉特別跟阿雷恰加說：「聖安東堡的地理位置非常重要，請你一定要守住！」

上午八時，若望上尉正抬頭看著陽光下的國旗，亞當上士前來報告：「聖米樣堡的士兵發現荷蘭艦隊出現在海上！」

若望上尉沒有慌張，他走到聖救主城南邊的稜堡，看著對岸的沙灣聚落，幾名荷蘭士兵帶著大批攜帶弓箭、長矛的淡水馬賽人傭兵也到了。

若望上尉心想：「情報正確！」

兩天前，由哈魯瑟（Henrick Harrousse）指揮官率領的荷蘭艦隊，共有七艘船艦、士兵及水手共六百九十人，從大灣出發，預計兩日後抵達雞籠外海。

荷蘭駐軍的淡水，則由荷蘭士兵帶領兩百多名淡水馬賽人傭兵前來助陣，預計在同一時間抵達雞籠南岸水道對面，試圖封鎖雞籠，並可伺機渡過水道登陸雞籠。

此外，另一支由拉莫提（Johannes Lamotius）指揮官率領的荷蘭艦隊，預計在十日內從大灣再來雞籠參戰。

上午八時二十分，波提羅長官在聖救主城召開緊急軍事會議。若望上尉報告，荷蘭艦隊動向跟去年一樣，並未直接攻打聖救主城，而是停在雞籠北方海域，試圖從雞籠北岸的岩石海岸登陸，攻占聖米樣堡。

若望上尉研判，雞籠對岸的淡水馬賽人傭兵，看來暫時不會渡過水道，但聖路易士堡的守軍要加強戒備。

會後，若望上尉立即派亞當上士帶兵前往聖米樣堡一帶，阻止荷軍登陸。

上午十時，荷蘭艦隊開始進攻。當荷蘭船艦緊靠雞籠北岸時，由於有山丘掩護，聖安東堡砲臺的角度無法打到敵方。

不久，海流將荷蘭船艦從岸邊推回海上，聖安東堡守軍馬上開砲，擊中荷蘭船艦，造成荷軍多人傷亡。

登陸雞籠東岸

八月二十日，星期三。

清晨，若望上尉發現荷蘭艦隊不在雞籠北方海面上，他當然不會相信荷蘭艦隊已經撤離，心中閃過一念：「糟了！荷蘭艦隊會不會從雞籠東岸登陸？」

去年秋天，雨蘭帶若望來到雞籠東岸的山頂。若望發現，在那裡可以看到聖安東堡，如果有砲臺就可以開砲打到聖安東堡。

若望上尉馬上向波提羅長官報告他的研判，然後親自帶兵沿著水道往東岸走，發現那裡已集結大批荷軍。果然，荷蘭艦隊已在雞籠東岸下錨，荷軍也開始登陸，並在前方挖了守備戰壕，以保護後方繼續登陸的荷軍。

若望上尉下令開槍，但荷軍已在戰壕完成備戰，立刻反擊，雙方互有傷亡。若望上尉看自己的兵力有限，登陸的荷軍卻愈來愈多，已形成強大的火力，因此決定先退回聖救主城，再與波提羅長官商量後續行動。

波提羅長官對戰局感到悲觀，關鍵於在兵力不足，無法反擊已經登陸雞籠東岸的荷軍。他跟若望上尉說：「我們只能盡力防守聖安東堡和聖救主城了。」

這一天，正如若望上尉的預料，荷軍開始把船上的大砲搬上東岸山頂，修築臨時砲臺基地。哈魯瑟指揮官一邊督工、一邊觀察，在那裡往北看到海上的雞籠杙，往西就看到位在雞籠島中央山丘制高點的聖安東堡。

哈魯瑟指揮官對戰局了然於胸，只要攻下聖安東堡，這場戰役就差不多可以結束了。

他笑著跟部下說：「拉莫提指揮官率領的荷蘭艦隊，可能來不及參戰了！」

進攻聖安東堡

八月二十一日，星期四。

荷軍在雞籠東岸山頂臨時修築的砲臺基地終於完工，拉莫提指揮官下令開始砲擊聖安東堡。

駐守聖安東堡的阿雷恰加，被突如其來的砲火嚇到，他下令反擊，但聖安東堡砲彈有限，這是他本來就知道的事，於是他派人去聖救主城向波提羅長官求援。

若望上尉奉命抽調聖救主城的部分砲彈，運到聖安東堡。但他心想：「這只是應急而已，聖救主城的砲彈也是有限啊！」

隨後，聖安東堡有部分護牆被砲火擊中毀損，也需要補強。於是，若望上尉又派人從聖救主城運送大量布匹去聖安東堡加固護牆。

八月二十二日，星期五。

聖安東堡繼續受到荷軍砲擊，開始出現傷亡，神父們前往撫慰軍心。傷者則被送到聖救主城內的醫院，甘波士醫生和雨蘭忙著為他們止痛、處理傷口，現場一片哀嚎，這是聖救主城從未見過的景象。

八月二十三日，星期六。

阿雷恰加雖然撐住了聖安東堡，但不斷向波提羅長官求援。波提羅長官則感到為難，他必須關照全島防務，已沒有能力再支援聖安東堡了。

八月二十四日，星期日。

主日的上午，多明哥神父特別前往聖安東堡舉行天主教主日彌撒，為大家打氣。在荷軍方面，隨軍牧師也為大家舉行基督教主日禮拜，暫時停戰。

下午，荷軍見聖安東堡久攻不下，於是更換了大口徑的巨砲，終於把聖安東堡的外牆擊倒。然後，荷軍步兵開始進攻聖安東堡，與西班牙守軍短兵相接。

阿雷恰加已撐了四天，眼看今天守不住了，就帶著倖存的士兵離開聖安東堡，逃往聖救主城，在城門口受到守軍迎接英雄般的歡呼。

幾天之內，從聖安東堡不斷送來的傷者，聖救主城內和城外的兩間醫院收容不下，甘波士醫生和雨蘭已經兩天沒有闔眼。

砲擊聖救主城

八月二十五日，星期一。

中午，荷軍終於攻下聖安東堡，在整頓之後，把大砲轉向聖救主城，居高臨下開砲，連續砲轟三小時。猛烈的砲火擊毀聖救主城的兩座稜堡，也打進聖救主城內的軍舍，以及城外附近一帶的民房。

然後，荷軍停火，哈魯瑟指揮官派人送信到聖救主城，要求波提羅長官開城投降。

荷軍集中火力砲擊聖救主城時，若望上尉在城內奔走，四處督導防備。突然，他看到一顆砲彈擊中醫院，當下他覺得胸口彷彿被人插了一刀。

他立即衝進醫院，看到雨蘭倒在地上，手上的藥水潑了一地，頭上的鮮血流到臉上，但雨蘭沒有喊痛。

此時，甘波士醫生也趕到醫院，看見雨蘭倒在血泊中。他扶著雨蘭的頭，用手指探雨蘭的鼻息，然後轉身搖頭，含淚看著若望。

若望明白了，他強忍淚水，把雨蘭擁在懷裡，再把雨蘭臉上的血水擦掉，親吻雨蘭，此時他的淚水才滴落在雨蘭胸前的金十字架上。

不久，砲火就停了。若望抱起雨蘭，走出聖救主城，來到雨蘭的家。地娜走出門口，看著不再說話的女兒，放聲大哭。

若望把雨蘭放在她的床上，向地娜單膝下跪說：「對不起！我沒照顧好妳的女兒。」

地娜一直叫著雨蘭的名字，似乎夾雜著馬賽巫醫的咒語，但沒能叫醒相依為命的女兒。

「請妳原諒我們西班牙人！」若望抱著地娜說：「如果我們沒來，你們不會這樣。」

若望告訴地娜，他會負起責任，因戰爭還在進行，擔心有很多變數，他想馬上為雨蘭舉行葬禮。

若望抱著雨蘭，請地娜跟著他一起到諸聖堂。若望再叫士兵把多明哥神父請來，為雨蘭做簡單的安魂儀式後，安葬在諸聖堂的墓園。

多明哥神父非常傷心，他曾為雨蘭辦洗禮，幫雨蘭取教名。他眼中含淚說：「烏蘇拉已經安息主懷，她是少女殉道者。」

若望悲痛至極，但不想在地娜面前流淚。他心中的衝擊和疑惑還在迴盪，他在雨蘭的墓前說：「妳真的是聖母瑪利亞的化身嗎？」

葬禮之後，若望把他在雞籠十六年積存下來的西班牙銀幣，全部交給地娜。他跟地娜說：「妳也是我的媽媽，但我可能會被荷蘭人押走，無法留在這裡照顧妳了。」

「回去奇宛暖吧！」若望抱著地娜說：「西班牙人帶給雞籠的傷害，荷蘭人會重來一次。」

投降

深夜，天空灰暗，受創的聖救主城燈火通明。

甘波士醫生仍在醫院不眠不休，但醫藥不足，很多傷患只能任其痛苦、死亡。

波提羅長官召集馬尼拉官員阿雷恰加、若望上尉、亞當上士等軍士官，以及所有神父，討論荷蘭艦隊指揮官哈魯瑟送來的招降信。

投不投降？因為是兵力相差十倍以上的戰爭，乃非戰之罪，所以沒有什麼正反意見的辯論。

大家都知道眼前的軍事情勢：荷軍已經登陸，並占領島上制高點聖安東堡，聖救主城完全暴露在其砲火下。雞籠南岸水道對面還有淡水馬賽人傭兵助陣，封鎖雞籠島與陸地的交通。另一支由拉莫提指揮官率領的荷蘭艦隊，可能正在開往雞籠途中。

「不是我們不會打仗，也不是我們沒有盡力。」波提羅長官說：「阿雷恰加可以作證！」

阿雷恰加表示同意：「我差點死在聖安東堡，我會向柯爾奎拉總督報告此事。」

多明哥神父說：「在這種情形下，白白的戰死，並不是偉大的犧牲，也不是光榮的殉教。」

若望上尉說：「在這場兵力懸殊的戰役中，我看到很多對西班牙忠誠的菲律賓人、雞籠馬賽人，他們陪我們戰鬥至今，已經死了很多人，僥倖生存的勇者，沒有必要再犧牲生命。」

若望上尉又說：「荷蘭人的砲火也造成很多平民家毀人亡，他們是最無辜的。」一八月二十六日，星期二。

在荷蘭艦隊來到雞籠一星期，攻打五天之後，西班牙人由雞籠長官波提羅宣布投降。

西班牙人在一六二六年五月十六日以西班牙國王名義宣布合法占領雞籠，並興建聖救主城，現在把主權交給荷蘭人。

天主教自一六二六年首次來艾爾摩沙宣傳福音，十六年後也宣告中斷。

北荷蘭城

當天，荷蘭軍隊就進駐聖救主城，隨即改名「北荷蘭城」（Fort Noord-Holland），並換上荷蘭國旗。

西班牙是戰敗投降的一方，從雞籠長官波提羅及以下的西班牙官員、軍人，以及受僱的菲律賓人、華人等，都被視為戰俘，將先送大灣，再送去荷蘭人在印尼的總部巴達維亞，經法院審判無罪後，才能送往西班牙人在菲律賓的總部馬尼拉。

那些嫁給西班牙人的馬賽女子，也可選擇以「戰俘眷屬」的身分，跟著丈夫離開雞籠。

荷蘭人一般善待西班牙戰俘，主要是基於兩國交換戰俘的約定，或者還有背後的交易。

等待開船前往大灣期間，若望看到很多雞籠馬賽人主動迎合荷蘭人，尤其波那長老跟荷蘭人似乎非常熱絡。但若望並不責怪他們見風轉舵，心想：「他們已經學會了應付新的殖民者，應該為他們高興。」

若望聽說荷蘭人找上日本人喜左衛門，詢問他有關日本傳教及哆囉滿產金的事。喜左衛門的大女兒花子，將陪同西班牙丈夫荷西離開雞籠。

福州人林天賜來找若望，告知林向高夫婦在家中被荷軍砲擊身亡，若望聽了非常難過，流下淚來。若望跟天賜說：「他們是良善、正義的人，雖然是佛教徒，但也是天主所愛的公義之人。」

「我會留在雞籠。」天賜說：「我會祈求觀音菩薩保佑你平安回到西班牙。」

若望說：「我也會祈求天主眷顧你。」

「地娜已經回奇宛暖了！」天賜說：「她託我向你道別。」

「這樣最好了！」若望說：「願天主眷顧地娜、麻依、麻吉，願他們在聖雅各伯生活快樂。」

「我和喜子去諸聖堂的墓園紀念雨蘭了。」天賜說著，眼淚就流了下來。

若望抱著天賜：「每年百合盛開時，記得幫我採一些放到雨蘭墳上。」

告別雞籠

一六四二年九月一日，若望等人在雞籠上了荷蘭船隊，開往大灣。

若望站在船尾，看著船隊繞過聖救主城，逐漸離開雞籠。當船隊經過魔鬼岬時，若望還能看到雞籠，以及雞籠杙，他曾和雨蘭划獨木舟到那個小嶼，還登上山頂。

直到看不見雞籠杙，若望壓抑一個星期的情緒才釋放出來，他淚流滿面，哭出聲來。他在心中告別雞籠、告別十六年的年輕，也告別雨蘭、告別愛情。

多明哥神父知道若望為了雨蘭之死而哭，就走過來安慰若望說：「雨蘭是可愛又有愛心的女子，她已去了天主的國度。」

「神父！我們來到離西班牙那麼遠的小島，說是宣傳福音，卻是帶來不幸。」若望說：「如果我們沒來，他們是否過得更好？」

「天主的安排超出我們的理解。」多明哥神父說：「你一定要相信，一切都是天主最好的安排。」

多明哥神父的話，打動了若望的心，若望握住多明哥神父的手說：「雨蘭教我的，就是相信。」

多明哥神父說：「你要相信，雨蘭的死是有意義的。」

熱蘭遮城

一六四二年九月四日，載著西班牙戰俘的荷蘭船隊，抵達了大灣的熱蘭遮城（Fort Zeelandia）。

若望看到以紅磚建成的熱蘭遮城，比聖救主城稍小，也是有四座稜堡的歐式城堡。

船隊從兩個沙洲之間的水道進去，右邊是熱蘭遮城所在的沙洲（一鯤身沙洲），左邊是另一個大沙洲（北線尾沙洲），若望看到前方是一個很大弧度的海灣（臺江內海），當地漳泉人稱之「大灣」，荷蘭語音譯Tayouan。「大灣」就是後來所稱的

「臺灣」。

來到熱蘭遮城，若望才知道，荷蘭人計畫派出攻打雞籠的第二支艦隊，即由拉莫提指揮官率領的艦隊，竟然尚未出發。原來，第二支艦隊在出發之前，獲知第一支艦隊已攻下聖救主城。

若望想到第一支荷蘭艦隊竟然在五天之內就達成任務，加深了他對菲律賓總督柯爾奎拉的不滿，不禁感嘆：「西班牙人根本是放棄了聖救主城。」

在熱蘭遮城期間，若望觀察、了解荷蘭人在治理殖民地與西班牙人的不同。西班牙人相對比荷蘭人重視傳教，神父獨身全心奉獻，不但為信徒取教名，還鼓勵他們學習西班牙語，與他們打成一片。

若望聽說，拉莫提指揮官率領的荷蘭艦隊，在九月九日出發，九月十三日抵達雞籠，接掌了雞籠的指揮權。

若望真心為拉莫提指揮官禱告，希望他善待雞籠。

巴達維亞

荷蘭官方規定，西班牙人及相關的戰俘，必須送到印尼巴達維亞，接受法院審訊，被判無罪才能釋放，並遣返西班牙人在東南亞的總部馬尼拉，但也可選擇直接回去歐洲。

一般來說，對於西班牙投降戰俘的審判，因為荷蘭已經獲得戰利品，所以不會再施予報復性的懲罰，大都能夠獲判無罪。

一六四二年九月十五日，來自雞籠的戰俘上了荷蘭船前往巴達維亞，預計半個月的航程。

在船上，若望找了甘波士醫生，向他請教醫療的事。若望提及自己曾跟艾斯奇維神父說過，西班牙人對土著的幫助，除了宣傳福音，就是醫治病痛了。

若望稱讚甘波士醫生說：「對大多數土著來說，醫治病痛是更直接而實質的幫助。」

甘波士醫生說：「以天主的仁愛，不管是不是信徒，都要醫治他們。」

「很多病人是從醫者的愛，看到了天主的愛。」若望說：「以此來看，醫者跟神父一樣都在宣傳福音。」

甘波士醫生說：「我認同你的說法，但天主常會展現醫者做不到的奇蹟。」

若望問：「你在雞籠十六年，你覺得雞籠最欠缺什麼樣的醫療？」

「我只會做簡單的外科手術，給病人止痛的藥物。」甘波士醫生說：「雞籠欠缺醫學院培養的內科醫師，因為內科醫師的收入和社會地位很高，很少願意到海外奉獻。」

若望聽了，心中做了決定，回去西班牙之後，他要重讀醫學院和神學院。

「我希望學習成為醫師和神父，前往沒有殖民、貿易的偏鄉服務。」

甘波士醫生稱讚若望的決心和勇氣，他跟若望說：「天主成全的人生，比我們想像的更豐盛。」

若望紅著眼眶，心想：「這樣雨蘭就會永遠活在我的心中。」

一六四二年十月二十日，荷蘭法院宣判若望無罪，若望表明希望從巴達維亞直接回歐洲。

在巴達維亞等待回歐洲的船期，若望聽到西班牙在歐洲戰爭（三十年戰爭，Guerra de los Treinta Años）中不斷失利的消息，看到荷蘭人為獨立戰爭的勝利而歡呼。

若望心想：「西班牙人在艾爾摩沙被荷蘭人打敗，也是一個見證啊！」

他感嘆：「西班牙帝國一百二十多年的黃金時代，就要過去了。」

返鄉船

一六四二年十一月一日，諸聖節當天，若望上了荷蘭人的「返鄉船」（Retours-chip），從巴達維亞直接開往荷蘭的阿姆斯特丹，航程四個多月，之後再自行返回西班牙。

荷蘭人返鄉的大船，航行在印度洋上。若望回想，一六二五年初，他跟塞維亞百合聖母堂保祿神父說，他嚮往航海、想要遊歷世界，保祿神父也贊成他去闖蕩世界、磨練成長。

若望在心中跟保祿神父說：「我已航行世界三大海洋、繞了地球一周了，現在我的人生要重新開始了！」

若望在禱告中跟雨蘭說：「感謝聖母瑪利亞的顯現和啟示。」他也引用《聖經・迦拉達書》的經文說：「我生活已不是我生活，而是基督在我內生活。」

第20章
金十字架

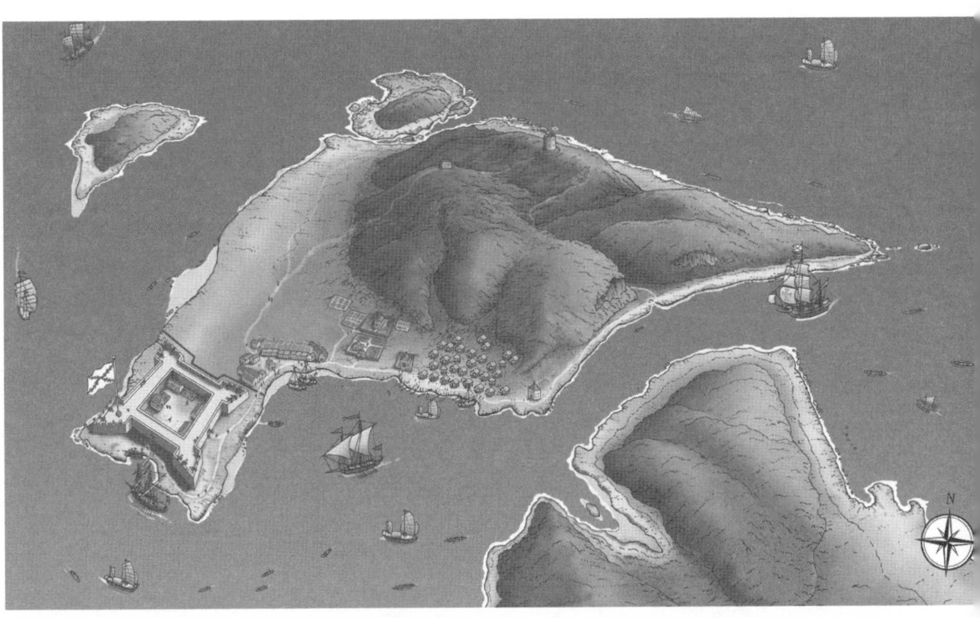

一六二六年至一六四二年間，若望用鵝毛筆以西班牙文寫給保祿神父的十八封信，我翻譯成中文後，就告訴塞拉神父和多明哥夫婦，感謝他們提供原始資料並協助翻譯。

我跟他們說：「這些信件是非常珍貴的史料，我會拿給臺灣史研究機構參考，並建議派專人前往塞維亞百合聖母教堂掃描原件做數位典藏。」

我特別邀請塞拉神父，歡迎他來臺灣基隆旅遊，憑弔當年艾爾摩沙雞籠的聖救主城、諸聖堂。

我跟塞拉神父說：「我會帶你走過當年若望和雨蘭去過的每一個地方。」

聖母的化身

塞拉神父回信感謝我的邀請，他問我：「你相信雨蘭是聖母顯現嗎？」

我毫不猶豫地答：「我相信！聖母顯現或聖母的化身。」

如果雨蘭沒死，若望和她結婚了，不管住在西班牙或艾爾摩沙，兩人過著幸福美滿的日子，終老一生。這樣的雨蘭，就只是捧著百合的小女孩，長大變成美貌的馬賽女子後，與西班牙軍官譜出異族戀而已。

但雨蘭死了，她的死催化若望成為神父兼醫師，前往海外偏鄉，醫治無數人的心靈和身體。這樣的雨蘭，就可以說是聖母的「化身」。

天主教的聖母顯現，大都發現聖母像流淚，或是看見聖母本人，但聖母不能有化身嗎？佛教聞聲救苦的觀音菩薩，就是以無數的化身來幫助不同的眾生。以此來看，只要相信天主的大能、聖母的慈愛，就可能會有聖母的化身，化身也是一種顯現。

我又補充說：「最重要是若望相信！」

雨蘭相信天主，若望相信雨蘭，所以雨蘭雖死仍能活在若望身上，給予若望無比的勇氣和力量，實踐效法耶穌、追隨基督的人生。

塞拉神父再問：「這是佛教的詮釋？」

我覺得這不只是佛教的詮釋，而是最好的詮釋。日本禁教時期，日本天主教徒把佛教的「抱子觀音像」當成天主教的「聖母聖嬰像」，出現了前所未見的「瑪利亞觀音像」。

所以我跟塞拉神父說：「我也相信觀音菩薩是聖母瑪利亞的化身。」

塞拉神父最後說：「天主的安排超出我們的理解，阿門！」

秘魯的若望神父

我看了若望寫的十八封信，很想知道他回到西班牙後，他的性情和人生產生了什麼樣的變化？

我問塞拉神父：「我知道若望後來成為神父和醫師，他的學習過程、實踐結果如何呢？」

塞拉神父仔細查閱教會的相關資料，回了我一封信：

若望在一六四三年春才回到西班牙塞維亞，他來百合聖母堂找保祿神父，兩人談了三天。十八年前，保祿神父就想推薦若望去馬德里大修習醫學和神學，十八年後，保祿神父看到若望的決心，再度毫無保留地力薦。

若望努力修課，在幾年後取得神父和醫師資格。然後，他一個人前往南美洲秘魯的偏鄉工作，那裡沒有西班牙的軍隊和教會，所以無法寫信給保祿神父。但若望每年聖誕節都會回來找保祿神父，募款買了很多醫藥帶回去。

若望在偏鄉的工作是醫療重於傳教，他曾在百合聖母堂講道時說：「耶穌的福音就是愛，傳教的目的是傳遞愛，不是讓很多人受洗。」

若望的父親在美洲投資開採銀礦致富，若望曾跟保祿神父說：「為什麼我要去美洲偏鄉服務，因為我想為父親和國家贖罪。」

我想，若望年輕時跟艾斯奇維神父學習很多，但若望成為神父後，更能跳脫傳統教會的束縛。

我跟塞拉神父說：「現在我更確定了，雨蘭是聖母對若望的顯現。」

長篇小說

一個月後，我告訴塞拉神父和多明哥夫婦，我決定根據這十八封信，寫一部長篇小說《艾爾摩沙的瑪利亞》，西班牙文的書名：*María de Hermosa*，並希望這部小說將來有機會翻成西班牙文，讓西班牙人知道十七世紀西班牙帝國在臺灣的歷史和故事。

塞拉神父聽了很高興，隨即問我：「你的小說除了歷史和故事，還會處理什麼主題？」

「文明vs.野蠻。」我說：「歐洲人自以為帶給原住民文明，其實帶來傷害。歐洲人屠殺、剝削原住民的行為，豈不更野蠻？」

「殖民vs.傳教。」我接著說：「原住民看到傳教士跟著殖民者一起來，他們如何相信傳教士帶來福音？如何相信天主的公義和仁愛？」

塞拉神父引用若望神父的話說：「傳教是神聖的奉獻，不應該伴隨殖民與貿易。」

我說：「若望神父是先知，並且付諸實踐。」

我舉例表示，二〇一五年教宗方濟各、一九九二年教宗聖若望保祿二世，都曾向美洲原住民道歉。

塞拉神父說：「天主教講信望愛三德，如果對天主只有信心、盼望而沒有愛，就可能帶來災難。西班牙帝國在海外殖民、貿易、傳教的歷史，帶給我們深刻的省思。」

我回答說：「愛人，才能看見天主。」

塞拉神父說：「祝你的小說早日完成，我會為你禱告。」

金十字架項鍊出土

我寫完《艾爾摩沙的瑪利亞》長篇小說的隔天，新聞報導基隆和平島西班牙「諸聖堂」考古有重大發現：考古學家挖到一具女性人體遺骸，胸前掛著金十字架項鍊！

新聞報導強調，這是考古團隊自二〇一一年開挖以來，最特別也最有價值的文物。

這座教堂及其墓區的考古工作，已有一、二十具墓葬、呈祈禱狀的人體遺骸出土，經鑑定有歐洲人及原住民。

這具出土的女性人體遺骸，初步判斷是原住民年輕女子，她戴的金十字架項鍊，擦掉灰塵後閃閃發亮。

我看了新聞報導，心想：「啊！金十字架項鍊的出土，證實了十七世紀寄自雞籠的信。」

我眼眶含淚，但心中平靜，帶著美麗與哀愁。

金十字架是愛情，我想起若望將之掛在雨蘭頸上。

金十字架是訣別，我想起若望的眼淚滴在上面。

啊！我也想起艾斯奇維神父把金十字架交給若望，那是人類最珍貴的宗教情操。

後記

《艾爾摩沙的瑪利亞》是我的第一部小說，我本來沒想過寫小說，但我的腦海浮現這個故事，我的心一直要我寫出來。

我在基隆出生長大，搬到和平島附近已有三十多年，常散步島上看海。我是臺灣歷史研究者，關注臺灣族群文化，長期從事史普寫作。

由此可知，十七世紀西班牙人在「艾爾摩沙」（臺灣）的「雞籠」（基隆和平島舊名）建「聖救主城」（直譯聖薩爾瓦多城），展開殖民、貿易、傳教的歷史，對我是無比地吸引。多年來，在我逐漸熟悉這段歷史後，開始產生寫小說的念頭。

西班牙人在臺灣十六年（一六二六—一六四二）的歷史，對我來說不但是鄉里的歷史、基隆的歷史，也是臺灣的歷史、世界的歷史，這是小說的大歷史架構。

從世界史來看，在歐洲的大航海時代（十五—十七世紀），西班牙是世界上最強大的海權國家，也是人類歷史上第一個日不落國。在西班牙帝國的擴張史，雞籠

（西班牙語 Quelang）堪稱從歐洲到美洲再到東南亞、東亞最遙遠的殖民地。

當年，西班牙與荷蘭是多方面的敵對，包括荷蘭脫離西班牙的獨立戰爭，基督教舊教（天主教）與新教（基督教）的宗教戰爭，以及兩國在世界各地的貿易戰爭，戰場從歐洲延伸到亞洲，並在臺灣分據南北對抗。

一六四二年，荷蘭人從「大灣」（今臺南安平）北上攻打雞籠、驅逐西班牙人，這是在臺灣發生的第一場國際戰爭，西班牙人在臺灣敗退，西班牙帝國在歐洲也走向衰微。

就臺灣早期歷史而言，北臺灣「雞籠」的歷史地位，相當於南臺灣的「大灣」（或稱大員），「雞籠」地名甚至出現更早，但因歷史文獻相對較少而被忽略，直到近二十年來才有較多的研究成果。

自二〇一一年以來，臺灣中央研究院與西班牙學者組成的考古團隊，在和平島進行當年西班牙人在島上所建最大教堂「諸聖堂」（Todos los Santos）遺址的考古，至今已挖掘教堂後殿牆基及墓區，共有一、二十具墓葬、呈祈禱狀的人體遺骸出土，其中有幾具已鑑定是歐洲人，另有十字架、皮帶扣、火繩槍子彈等西方文物。

在這樣的大歷史架構之下，很多歷史、文化的研究課題，包括大航海時代歐洲人對美洲、亞洲占領地的掠奪，文明對野蠻的省思，傳教與殖民、貿易的矛盾，以及不同族群與異文化的交流等，都成為小說的重要題材。

我還要杜撰小說的人物，以搭配歷史人物、串聯歷史事件，寫出我想說的故事，呈現雞籠早年的族群文化，彰顯人類珍貴的宗教情操。

小說中的男主角西班牙青年若望（Juan），女主角原住民女孩雨蘭（Ulan），都是我自然想出來的小人物。若望對國家、宗教有所疑惑，雨蘭純真、無私的心靈，讓若望感覺雨蘭是聖母瑪利亞的化身，啟發他走向活出耶穌的信仰之路。

因此，十七世紀在雞籠可能發生的「聖母顯現」（Marian apparition），成為貫穿整部小說的神祕想像。

小說中引用的聖經經文，我採用華語天主教會最普遍的《思高聖經》中文譯本，與基督教聖經中文譯本不同。例如，基督教的「馬太福音」，在天主教稱之「瑪竇福音」。

一六三三年，日本德川幕府採取鎖國、禁教的政策，先是驅逐西方傳教士，要求日本信徒棄教，後來下令捉拿，天主教被迫潛入地下。因此，很多西方傳教士偷渡日本，為信徒主持宗教儀式，帶給他們信心。二〇一六年，國際大導演馬丁·史柯西斯執導、改編自日本作家遠藤周作同名小說的歷史電影《沉默》（*Silence*），就是描述當年天主教耶穌會傳教士從澳門冒死偷渡長崎傳教的故事。

其實，在同一時期，西班牙道明會傳教士也從雞籠偷渡日本傳教，因此我也寫入小說情節。

當年，歐洲的軍人、商人、傳教士，前來亞洲的動機是為了3G：God, Gold, Glory。軍人和商人掠奪了殖民地，但個人和國家是否贏得了榮耀？歷史自有評判。那些為了傳福音而來的傳教士，卻留下因信念而奮鬥犧牲的故事，讓後人憑弔。

我自二〇一五年開始收集小說的相關史料，發想小說的人物和故事。二〇一八年，我擔任「社寮原住民歷史文化調查研究計畫」的計畫主持人，這是文化部「再造歷史現場專案計畫」中「大基隆歷史場景再現整合計畫」的子計畫，以文獻分析、田野調查的方法，重新研究和平島從史前到戰後初年的歷史文化。這項調查研究，更加強了我寫小說的功力。

此外，我也更加了解和平島在西班牙時期的地景及歷史場景。今天，和平島上的觀光景點，包括「社寮東砲臺」、「蕃字洞」、「萬人堆」、「千疊敷」等，以及鄰近的「仙洞」、「旭丘」、「基隆嶼」等，引發我的文創點子，將之寫入小說中男女主角相會談話的地方。我希望讀者在閱讀小說之餘，也可以參訪小說寫到的「歷史現場」，甚至和平島族群的飲食文化，我也寫入小說。

這部小說雖然建構在歷史文獻，但也有合理的文學想像。例如，當年記載西班牙人前往宜蘭、花蓮的資料很少，甚至沒有前往蘭嶼的紀錄，但西班牙人往返雞籠、菲律賓之間，經常航行臺灣東海岸，推測也去過蘭嶼，所以我寫入小說。這樣也可以解釋，蘭嶼原住民擁有銀盔，有可能來自西班牙人當年從美洲帶來的銀幣。

西班牙人在臺灣十六年，小說採一年一年的寫法，依序呈現十七世紀西班牙人在臺灣的歷史。以此來看，本書除了小說，也是歷史入門書。

我期待讓讀者感受一場文學、歷史、考古的時空之旅。

我也希望和平島考古中的「諸聖堂」，未來有機會在原地重建，並由道明會派神父進駐，成為實際的天主教堂。如此，一座復古的十七世紀西班牙教堂，將成為基隆獨特的歷史文化及國際觀光資源。

最後，我要講些這部小說能夠完成並出版的因緣。

南天書局創辦人魏德文：二〇〇八年某天晚上，我在路上遇見他，他手上拿著一本他剛出版的《西班牙人的臺灣體驗（一六二六—一六四二）：一項文藝復興時代的志業及其巴洛克式的結局》（鮑曉鷗英文原著，那瓜譯），順手送給了我。這本書提供了西班牙臺灣史很多第一手史料。

中研院臺史所翁佳音：他是我的臺灣史私家顧問，我小說中的歷史根據，以及合理的文學想像，他說他可以背書。

臉友雷光潔：她信仰天主教，跟我談《沉默》小說，談神父的精神魅力。

中研院史語所林富士：他生前知道我嘗試寫歷史小說，遇到瓶頸，就教我不拘形式放手去寫，也可以把自己寫進去，寫到讓人以為一切都是真實就成功了。

小說家醫師陳耀昌：幾年前，他知道我想寫沒人寫過的西班牙臺灣史小說，就一直鼓勵我。我寫好之後，沒有把握，他主動要求閱讀，不吝給予肯定，並說他要推薦出版並寫序。

感恩在心，在此致謝。

新人間叢書 330

艾爾摩沙的瑪利亞

作　者—曹銘宗
主　編—胡金倫
編　輯—陳彥廷
校　對—曹銘宗、陳彥廷、胡金倫
責任企畫—陳彥廷、胡金倫
美術設計—倪旻鋒
內文排版—極翔企業有限公司
總 編 輯—胡金倫
董 事 長—趙政岷
出 版 者—時報文化出版企業股份有限公司
一〇八〇一九台北市萬華區和平西路三段二四〇號七樓
發行專線—（〇二）二三〇六六八四二
讀者服務專線—〇八〇〇二三一七〇五・（〇二）二三〇四七一〇三
讀者服務傳真—（〇二）二三〇四六八五八
郵撥—一九三四四七二四時報文化出版公司
信箱—一〇八九九臺北華江橋郵局第九九信箱
時報悅讀網—www.readingtimes.com.tw
法律顧問—理律法律事務所　陳長文律師、李念祖律師
印　刷—紘億印刷有限公司
初版一刷—二〇二一年九月二十四日
定　價—新台幣四二〇元
（缺頁或破損的書，請寄回更換）

時報文化出版公司成立於一九七五年，
並於一九九九年股票上櫃公開發行，於二〇〇八年脫離中時集團非屬旺中，
以「尊重智慧與創意的文化事業」為信念。

艾爾摩沙的瑪利亞 / 曹銘宗作. -- 初版. -- 臺北市：時報文化出版企業股份有限公司, 2021.09
面；　公分. --（新人間；330）
ISBN 978-957-13-9310-0（平裝）

863.57　　110012852

ISBN 978-957-13-9310-0
Printed in Taiwan

本書前彩圖係「社寮原住民歷史文化調查研究計畫」案之「西班牙時代地景圖」（由杜福安繪製之17世紀雞籠地圖），謹此感謝基隆市文化局授權使用。